致青春 098

娛樂圈是我的，我是你的

【第一部】予你星光

（中）

春刀寒　著

高寶書版集團

目錄
CONTENTS

第十一章　八卦

許摘星趕緊否認三連：「我沒有！沒亂想！你放心！」

她的愛豆是什麼樣的人她不清楚嗎？用X光都掃描不出一個污點好不好！

許摘星兩隻手把帽簷抬起來，稍稍湊過去，用氣音小聲說：「哥哥，你要是被綁架了，你就眨眨眼。」

岑風：「……」

旁邊拿濕巾紙給他的女生忍不住問：「岑風，這個小妹妹是誰呀？」

許摘星也是一身奢侈品，腳下蹬的那雙鞋全球限量，沒點人脈搶都搶不到，她們當然一眼就認出來了。

之前她們都覺得岑風不是很喜歡她們這些富家千金，不是同個世界的人，有隔閡，小帥哥自食其力，她們放蕩不羈，不愛理她們倒也沒覺得有什麼。

但他現在對這個跟她們明顯是同一個世界的小妹妹卻溫柔細膩。

總是冷漠的人，突然溫柔下來，神情仍如以往，眼睛裡卻沒有了刺人的冷光。柔柔和和的，還有笑。

啊啊啊啊啊啊好嫉妒啊！

岑風看了許摘星一眼，頓了頓才淡聲說：「是我妹妹。」

許摘星：？

誰要當你妹妹？寶貝你清醒一點！我雖然叫你哥哥但我本質上還是個事業偏媽粉啊！你在我心裡只是個崽崽（？）啊！

許摘星的年齡看上去小，平時又不化妝打扮，穿著都是一副學生模樣，有錢小姐姐們也沒多想，紛紛捧場：「你妹妹長得好可愛，像你！」

許摘星：？

感覺有被冒犯到。

岑風淡聲打斷了她們還想繼續的追問，垂眸問許摘星：「要騎車回家嗎？」

她趕緊搖頭：「不是不是，我就是看今天天氣好，出來騎車兜兜風。哥哥你去忙吧，不用管我！我再騎一下就回去了！」

岑風低頭看了她幾眼，似乎在判斷她有沒有說真話，最後在她誠懇的眼神中交代道：「小心一點。」

許摘星心臟撲通撲通，忍住激動乖乖點了下頭，「哥哥再見。」

岑風轉身往回走，許摘星想到什麼，趕緊喊他：「哥哥，你的帽子！」

她正要抬手把帽子摘下來，岑風回頭道：「太陽大，戴著吧。」

許摘星幸福得快要原地轉圈圈了。

收到了愛豆的第三件禮物！

岑風回來了，幾個女生也都回到車上。透過車窗往外看，女孩戴著大了一圈的帽子站在路邊，微微仰著頭以免帽簷搭下來，眼睛映著明媚的光，跟她們揮手。

姐妹團裡為首的那個女生叫雲舒，坐在副駕駛座，扣好安全帶後跟岑風說：「你妹妹看上去特別喜歡你。」

岑風沒說話，發動車子後，偏頭看了窗外一眼，然後調轉車頭。

雲舒問：「不飆啦？」

岑風語氣淡漠：「嗯，已經試好了。」

車子很快開回店裡，老闆驚訝道：「這麼快就回來啦？岑風你也不帶舒舒她們多轉轉，偶爾還是要給她們一些甜頭嘛，不然不來光顧了怎麼辦？」

幾個人都笑著去打老闆。

岑風停好車，走出來問老闆：「勇哥，那輛死飛（固定齒輪自行車）可以借我騎騎嗎？」

勇哥一揮手：「騎去唄，不過你小心點啊，以前騎過死飛嗎？」

岑風點點頭，將車子拎出來，稍微檢查一遍確認無誤，就騎著車走了。

雲舒靠在跑車門上，手指夾了根菸，憂傷地嘆氣：「這麼急急忙忙把我們送回來，就是為了騎車去找那個小妹妹。」

後面那小姐妹從跑車裡伸出一隻腳來，腳上穿的是許摘星那雙同款球鞋，幽幽道：「同鞋不同命。」

天際重雲疊嶂。

午後陽光隱在雲層之後，沒有那麼刺眼了。

許摘星吭哧吭哧騎上一段長坡，緊接著就是下坡。不用蹬，車子呼溜而下，速度特別快，周圍沒有人，她興奮地吱哇亂叫，結果太得意忘形，帽子被風吹掉了……

下坡速度太快她不敢急剎，好不容易安全停下來，自行車已經溜出去老遠。帽子孤零零落在半坡上。

許摘星趕緊把車推到路邊，往坡上跑去撿帽子。

騎下坡的時候是很爽，往上爬就很慘了。

寬闊的馬路上除了偶爾飛馳的轎車，一個人也沒有。陽光把她的影子拉得很長，搖搖晃晃投在熾熱的路面。許摘星正吭哧吭哧往上跑，前方的坡面出現了一道身影。

她前一刻還在想，嘿，哪個傻子跟自己一樣大熱天的跑出來騎車。

下一刻愛豆的身影在眼底清晰起來。

許摘星：「……」

對不起，我掌嘴。

死飛沒有剎車，下坡路段不好停車，岑風技術很好，後蹬時前輪往左一甩，一個漂亮的飄逸剎車穩住了車身。他打好腳架，走過去把帽子撿了起來。

許摘星加快步伐往上跑，跑到他身邊時已經累得氣喘吁吁，沾滿機油的臉上全是汗，眼睛卻亮晶晶的，興奮又高興地問他：「哥哥，你怎麼又回來啦？」

他拍拍帽子上的灰，重新扣到她頭上，明明舉動這麼溫暖，語氣卻仍淡漠：「這裡太偏僻，不安全。」

許摘星捏著小拳頭朝他晃晃手腕上的手錶：「不怕，我有這個定位手錶，綁定了我哥的手機，他隨時可以看見的！」

他瞟了一眼，沒說什麼，走回去把死飛推了過來。

許摘星眼睛瞪得圓鼓鼓的：「哥哥你這輛自行車好漂亮啊！車身好流暢，比我那個好看多了！」

岑風走到她身邊，偏頭看了她一眼：「想騎我這個嗎？」

許摘星興奮地抿了抿嘴，矜持地問：「可以嗎？」

岑風：「不可以。」

許摘星：？

他唇角挑了一下，又很快恢復尋常，淡聲道：「這個不安全。」

許摘星忍不住頂嘴：「那你為什麼可以騎？」

岑風說：「我就是可以。」

他明明還是那副冷淡的表情，可許摘星就是從他沒有情緒的聲音裡聽出了他的愉悅。她故意氣呼呼說：「哼，幼稚鬼。」

岑風垂眸，無聲笑了一下。

看到他笑，許摘星簡直心都要化了，默默祈禱，哥哥要像這樣，一直一直開心下去啊。

下完坡，走到許摘星停車的地方，她跑過去把車騎過來，興致勃勃地問他：「哥哥，要不要跟我比賽？誰輸了就要答應對方一個條件！」

岑風用腳尖將車踏板勾上來踩住：「好。」

許摘星數：「一！二！三！」

她卯著勁衝了出去，兩隻小腳蹬得飛快，賣力蹬了半天，發現好像哪裡不對勁。回頭一看，岑風不急不緩跟在她後面三、四公尺遠的距離，她快他也快，她慢他也慢，反正就是沒超過她。

他怎麼會去跟一個小女孩爭輸贏談條件，他在不露痕跡地讓著她。

他總是這樣，從來什麼都不說，明明受了那麼多的委屈和傷害，也沒有一次抱怨過這個世界。

許摘星曾經不止一次自我折磨去看他的生平事蹟。看他是怎麼從一個火坑跳到另一火坑，怎麼被這個世界一次又一次傷害。她想，那些從小到大發生在他身上的事，如果換到自己身上，她一定早就受不了了吧。

她一定痛苦到，想要跟這個世界同歸於盡吧。

可他從始至終沒有傷害過任何人。

再恨，再痛，再不甘，他始終，將刀口對準自己。

直到最後，殺了自己。

許摘星在前方交叉路的路口停了下來，她閉了閉眼，回頭時，笑容燦爛：「哥哥，我贏了！」

他笑了下，很淡：「嗯，妳贏了。」

她做出一副糾結的模樣，沉吟道：「我要好好想想，提什麼條件。」

岑風緩緩蹬著車聽她在旁邊自言自語地碎碎念，這個不好，那個也不行，好不容易贏來的條件不能隨便提，要提個大的！

兩人順著馬路騎了好遠好遠，太陽都已經開始西斜。

許摘星終於一臉興奮說：「我想到了！」

岑風穩住車身，停下來看著他：「什麼？」

她看著他，眼睛明亮，聲音裡有小小的期待：「我希望哥哥每天做一件讓自己開心的事，然後記在本子上，寫上年月日，等下次見面的時候，把本子送給我！」

岑風愣了一下，總是冷漠的神情終於有了些鬆動，頓了好一陣子才輕聲問：「為什麼？」

許摘星一副苦惱的模樣：「是作業啦，老師讓我們搜集身邊朋友的開心瞬間，寫成週記。可我光顧著玩了，哥哥你幫我做作業好不好？」

岑風看著她的眼睛，薄唇繃成一條線，良久沒說話。

就在許摘星以為自己的演技被看穿的時候，終於聽到他低聲說：「好。」

她一下子好開心，滿眼雀躍。手腕處的手錶滴滴滴響起來，是許延準備過來接她傳來的訊息。岑風看了手錶一眼，重新扶住車身，淡聲說：「我回去了。」

許摘星趕緊點點頭，她正要說話，岑風像知道她會說什麼一樣，繼續道：「我會好好吃飯，好好睡覺。」

她笑起來，眼睛彎彎的，像漂亮月牙：「好！」

岑風調轉車頭，踩著踏板，露出的半截腳踝骨感分明。許摘星依依不捨地盯著他的背影：「哥哥再見……」

他沒有回頭，只手指朝後招了一下，騎著車消失在她的視線中。

十幾分鐘後，許延開著越野車停在她身邊。許摘星托著腮坐在路邊的臺階上發呆，許延把自行車搬到後車廂，問她：「騎累了？」

她悵然道：「哥，我很快就要回S市了，你會想我嗎？」

許延：「不會。」

許摘星：「……你太無情了。」

愉快的暑假生活就這麼結束了，許母提前好幾天就打電話問她訂機票了沒，什麼時候回去。許摘星去辰星跟大家告了個別，登上了回家的飛機。

許摘星去B市玩了一個多月，回來後人都黑了一圈。

許母罵她：「妳現在真是越來越野了！」罵完了又罵許父，「下次沒有我同意，你再敢隨隨便便同意她的條件，看我不收拾你！」

許父現在為了重啟星辰，每天忙得腳不沾地，之前遞了辭呈的老員工又被他親自上門拜訪一個個請了回來，每天開會加班測試影視平臺，爭取在年底重整上線。

被許母罵了，也不反駁，只是嘿嘿地笑。

開學前，到了許母複查的日子，許摘星陪她去醫院檢查了一遍，發現之前食管炎的問題有所減輕。許母在她的監督下現在吃飯習慣已經改了很多，按時吃藥休息，繼續保持下去，癌症應該不會再找上門了。

許摘星正開開心心準備回歸校園生活，沒想到許志文帶著他小妹，也就是許摘星的小姑姑，登門了。

自從振林那個案子破產上了財經雜誌後，許父心裡就對這個二哥有了成見，不再像以前一樣有求必應，來往聯絡也少了很多。

資金鏈一環扣一環，前面塌陷，後面也會跟著崩潰，許志文自從在振林上栽了跟頭，這麼久以來一直在拆東牆補西牆，企圖挽回損失，但結果是越陷越深，到現在，已經兩手空空，澈底破產了。

而且他之前沒在許父這裡騙到錢，轉而去找了這個小妹許曉娟。許曉娟老公家拆遷，賠了一百多萬，被許志文巧舌如簧騙走了一大半，現在也沒了。

兩人一進門就開始哭。

許志文顧及臉面還只是默默抽泣，許曉娟直接一哭二鬧三上吊，跪坐在她家沙發前哭天搶地，不知道的還以為他們家做了多少對不起她的事。

許摘星這個小姑姑也是個極品，丈夫辛辛苦苦在外面賺錢，她天天在外面打麻將，賭得又很大，每天上千上千的輸，輸了回家就拿女兒出氣。

她女兒才上小學，考試沒考好要挨打，摔了一跤摔髒了衣服要挨打，丟了東西要挨打，作業不會寫也要挨打。

她每天只做個飯給孩子吃，一家的衣服都是下了班回來的丈夫洗，家裡大小事一律不管，只知道打牌。

前世，許父為了出國讓許母看病做手術，去找這個小妹借錢。她的原話是：「三哥我哪有錢啊，你還不知道我？國剛那點拆遷款才多少啊，唉，早就被我輸沒了。」

大概是應了這句話，許摘星大學畢業那年，聽說這個小姑姑跟人賭牌，一夜之間輸光了家產。

許摘星看到這兩個人就煩，恨不得拿把掃帚把兩坨垃圾掃出去。

許母察覺了她的想法，要不然怎麼說知女莫若母呢，把她拽到身後小聲警告了兩句，不准她胡來。

許父表情沉重坐在沙發上，聽兩人哭訴了半天，說來說去，無非就是破產虧損了，希望老三拉扯一把。

許曉娟痛哭流涕道：「三哥，家裡孩子飯都吃不上了，沒米下鍋，國剛還說要跟我離婚。三哥，你幫幫我吧，我是你親妹妹啊！」

許志文抹著眼淚也是一副哽咽的模樣：「都怪我，不該想著有錢大家一起賺，害了自己不說，還害了小妹。老三，老爺子當年走的時候，握著我們五兄妹的手說，今後要兄妹齊心，互相幫襯，如果不是實在沒辦法了，我們也不會來找你。」

許父看著哥哥妹妹這樣，心裡也不好受，之前再怎麼埋怨二哥坑他，當下也散了，沉聲道：「曉娟，別哭了，錢沒了還能賺，國剛和妳都年輕，沒到妳說的那個地步。至於眼前這個難關，三哥幫妳過。」

他回頭詢問許母：「拿二十萬給曉娟吧？」

雖說是詢問，但眼神堅定，許母就算心裡不大樂意，還是點了點頭。

沒想到許曉娟震驚道：「才二十萬？三哥，二十萬怎麼夠啊！」

這下輪到許父震驚了：「二十萬還不夠？你們在老家生活，平時開銷也少，小雨才上小學花不了多少錢，二十萬足夠你們一家子這一、兩年來的生活了。」

許曉娟看了許志文一眼，臉色突然變得很難看，她回過頭盯著許父，幽幽道：「三哥，你就算看不上我們，也不必拿這麼點錢來羞辱我吧？你家大業大，摘星隨便做件裙子玩你都捨得拿幾十萬給她花，到我這裡生死存亡的關頭了，你就拿二十萬打發我嗎？」

許摘星簡直被這個小姑姑不要臉的模樣驚呆了。

她還知道自己做裙子的事？

飛天那件裙子確實光是碎鑽就花了不少錢，但也沒到幾十萬的地步，只不過最後嬋娟創辦後飛天定價，定的是七十三萬。

一個在老家鎮上天天只會打麻將的女人，怎麼可能關注時尚圈，肯定是許志文添油加醋說了什麼。

許父一聽這話，頓時就火了，說他不要緊，女兒可是他心中的無價之寶，哪容別人在這陰陽怪氣，當即就拍桌怒道：「什麼叫摘星隨便做件裙子？她那是國際大賽，拿了冠軍的！」

許曉娟太急迫踩到雷，看三哥發火，頓時不說話了。

許志文趕緊打圓場：「老三，有話好好說，小妹不是那個意思。」

許父就是再老實，再重親情，剛才那番話，還能聽不出來許曉娟的意思？冷笑道：「那她是什麼意思？不就是嫌錢少？實話跟你們說，我現在手上也沒錢，都投到公司裡去了。要就是二十萬，多一分都沒有！」

這話一出，連許志文的臉色都變了。

他們今天上門，抱得就是狠狠敲老三一筆，再怎麼也要從他手裡拿出一百萬來吧？結果許父說得這麼耿直，他那個脾氣，說是二十萬，那肯定不會再多一分了。

兩個人面面相覷，都在心裡恨得牙癢癢，許曉娟一副難過的表情：「三哥，你要這麼想就沒意思了。你要不是我哥，我也不會低聲下氣來求你。既然你都這麼說了，當妹妹的也不會強人所難，二十萬就……」

她話還沒說完，許摘星突然出聲打斷她：「小姑，妳在市區不是還有兩間房子嗎？」

許曉娟：？？？？

她一臉驚恐地看向旁邊笑吟吟的許摘星，一時之間話都說不出來了。

在市裡買房這件事，除了她和她老公兩個人，誰都不知道，這丫頭怎麼知道的？

老公家當年拆遷，除了賠的拆遷款外，還賠了三間房子，她當時非常有主見，很快把那三間房子賣了，轉手就在市裡付了兩間房的頭期款。

幾年過去，市區的房價早就翻了好幾番，她簡直做夢都要笑醒了。

現在被許摘星一語拆穿，屋內所有人驚訝地看著她，連許志文都不知道還有這事，震驚喊她：「曉娟？」

許曉娟一個激靈，趕緊道：「哪有的事，我一輩子都在鎮上過，哪有什麼市區的房子。摘星這孩子，說什麼胡話呢。」

許摘星笑了下，慢悠悠道：「一間在海山路，一間在濱江路，兩個地段都很不錯啊，靠山觀江，都是市政府重點發展區域，房價漲得挺快的吧？小姑妳要是真的沒錢，隨便賣一套，夠妳吃喝一輩子了。」

許曉娟這下真的是面如土色，嘴唇都慘白著。

她怎麼會知道的這麼清楚？國剛跟她說的嗎？可是國剛跟這丫頭不熟啊！怎麼會跟她說這些？難道……難道是上次大哥的葬禮上，她偷聽到的？

話不用多說，許曉娟的表情已經出賣了自己。

許父當即大怒，拍案而起：「這就是妳說的沒米下鍋？妳家沒有米，房子倒是很多啊！」

許摘星覺得她爸有時候罵人也怪厲害的。

許母在內心冷笑兩聲，許家這邊的親戚，除了過世的老大和她老公，她一個都看不上。

她把許摘星往後扯了扯，一臉憂傷地看著許曉娟。

「曉娟，妳是不知道，老許的公司這兩年年年虧損，只出不進，家裡全靠我一個人撐著。但妳說，我那點薪水能做什麼？今年好不容易賺了點錢，他說什麼要重整公司，又啪嘰一下全投進去了，一分都沒給我剩啊。眼見著摘星就要考大學了，這一大家子的吃穿用度哪能不花錢？剛才說要給妳的那二十萬，已經是我從牙縫裡擠出來，存著以防變故的。妳現在不需要了也好，也能讓我喘口氣，畢竟世事無常，萬一哪天生個病出個事，難不成，還要來找妳這個妹妹救濟嗎？」

裝窮，誰不會啊。

許曉娟一聽這話，不對啊，怎麼變成了那二十萬她不需要了？

她要啊！二十萬也是錢啊！

她正要說話，許摘星搶先道：「小姑，我媽在市裡認識很多人，妳那兩間房子地段好，肯定很好賣，妳讓她幫妳聯絡嘛，絕對能賣個好價錢。」

許母：「對對對，來來來，曉娟妳把妳那個房子的地址啊，有多大啊，朝向啊都跟我說說，我保證，不出三天，幫妳找到買家！」

許曉娟：「……」

許母就這麼把許曉娟拉走了，客廳只剩下許志文和還在生氣的許父，許摘星靠著櫥櫃抄著手，要笑不笑地盯著許志文，悠悠道：「二伯，你呢？剛才光顧著聽小姑說了，你今天登門，是有什麼需求啊？」

許志文：「……」

許曉娟這個沒腦子的把功利心暴露得這麼明顯，他要是再開口，不就擺明了是來吸血的嗎！還有許摘星這丫頭，邪得很，他真不知道自己一開口，她又有什麼話蹦出來。

只能咬牙笑道：「沒有沒有，我就是陪小妹來，我雖然破產了，也還沒到沒米下鍋的地步。」

許父沉聲說：「對！許家男人，個個脊樑骨頂天，倒了再站起來就是，二哥你是我們中學歷最好最厲害的一個，我相信你很快就能重振雄風。」

許志文知道這個老三腦子一根筋，這麼說倒不是在挖苦他，而是情真意切地相信他很厲害，很快能站起來……

他更沒話說了，只能乾笑著點頭。

最後許母留他們吃飯，兩個人都說有事，匆匆告別走了。

吃飯的時候許父問：「曉娟同意賣房了嗎？」

許母慢悠悠道：「沒有，她說她突然想起來，銀行裡還有一筆理財款，可以度過眼前的難關。」

許父：「……」

這麼一鬧，許父對這個哥哥和妹妹更寒心了，想到自己這些年對他們的幫襯，頭一次有了後悔的感覺。

簡直就是餵不熟的白眼狼！

還嘲諷我女兒做裙子，做裙子怎麼了？你以為什麼人都可以隨隨便便做裙子的嗎？氣死他了！

雖然趕走了兩人，但許摘星還是有點擔心許志文要作亂，晚上睡覺前去書房找許父，若無其事地交代：「爸，星辰有什麼新的進度和計畫，你記得隨時跟我說說啊。畢竟是我的想法呢，我也想親眼見證它的新生。」

許父樂呵呵道：「行行行，一定跟妳說。」

許摘星放心地去睡覺了。

第二天就是開學。

每一次開學對於其他人而言都是災難片，但對於許摘星而言卻是青春回憶體驗劇。她還是很喜歡校園生活的。

程佑一見到她就說：「摘星妳怎麼黑了這麼多啊！」

許摘星瀟灑一揮手：「問題不大，冬天就白回來了。」

這倒是實話，前世她經常大熱天的跟妝，人家拍婚紗照，她也要在旁邊守著隨時補妝，擦再多的防曬霜也阻擋不了變黑。

不過每當冬天，她就會以驚人的速度白回來，羨煞一眾同事。

果然，上了幾個月的學，等天氣漸漸入冬，脫下T恤襯衫，換上冬裝的時候，許摘星就白回來了。

甚至比以前更白，讓程佑嫉妒死了。

入冬之後就是元旦，許摘星上了這麼久的學，心思又不安分了，想去B市玩一圈，當然主要還是想去找愛豆，結果許延要出差，B市沒人照應她，許母自然就不允許她過去。

許摘星悶悶不樂，年都不想跨了，結果沒多久趙津津就打了個電話給她，興奮地說：『大小姐，我拿下了我老家城市的旅遊代言大使，元旦要回去參加慈善晚宴，妳要不要過來找我玩啊？』

其實是許延知道許摘星不開心，專程打了電話給她，讓她帶許摘星去玩兩天。畢竟她老家距離S市比較近，當天就可以來回，不像B市，飛都要飛幾個小時。距離近了，許母也就放心，知道許延還安排了助理接送，對許延很放心，被許摘星一頓磨，點頭答應了。

許摘星高興地收拾了行李，坐上了去趙津津老家Z市的高鐵。

她還沒去過Z市呢，上一輩子也沒去過，還是很期待的。半路上就打電話給趙津津，問她那邊有什麼特色美食呀，好玩的呀。

結果趙津津吞吞吐吐：『也沒什麼吧，比較普通。』

許摘星：「妳真的是Z市人嗎？妳不會是為了騙代言編的吧？」

趙津津頓時不樂意了：『妳這麼說……妳聽過鄧小平爺爺帶來春風的故事嗎？』

許摘星：「……」

她試探著道：「一九七九年，那是一個春天，有一位老人，在國家的南海邊，畫了一個圈？」

趙津津：『對！我們這吧，在畫圈前，其實只是個小漁村。』

許摘星：「……」

趙津津：『……對不起，讓大小姐失望了。』

「妳對不起的是我嗎？」許摘星痛心疾首：「妳對不起的是鄧小平爺爺畫的那個圈！」

到Z市的時候，趙津津的助理笑笑來高鐵站接她。

趙津津要參加的慈善晚宴就在今晚，帶半晚會性質，她作為城市形象大使，還要上舞臺表演，唱一首歌，正在緊急彩排。

笑笑先帶許摘星回酒店把行李放了，然後領著她去了彩排現場。

趙津津正掐著嗓子唱歌，許摘星蹲在下面聽了一陣子，不由得開始擔心等她表演完這個節目就將失去城市形象大使的代言。

彩排結束，趙津津興奮地跑下來，先是給了她一個熊抱，然後才問：「我唱得怎麼樣？」

許摘星昧著良心說：「還行吧。」想了想又問，「正式表演的時候是半開麥嗎？」

趙津津點頭：「對啊，我倒是想全開，可是導演不讓。」

許摘星鬆了口氣。

還好導演不讓。

這次這場城市主題的慈善晚會是政府舉辦的，把國內出身於這個城市的明星都邀請了。趙津津彩排結束，緊接著就是其他明星的彩排。

有歌手也有演員，都正當紅，許摘星和趙津津一人嘬著一盒優酪乳坐在臺下看，等所有明星全部彩排完了，趙津津問她：「喜歡哪個？我帶妳去要合照。」

許摘星搖搖頭：「不要。」

趙津津奇怪道：「你們這個年齡的小女生不正是追星的時候嗎？我像妳這麼大的時候，可喜歡蘇野了，後來還因為他去考了中央戲劇學校呢。」

蘇野是演古裝武俠劇出身的偶像演員，現在已經混到了一線小生的地位，國民度非常高。再過幾年他會轉戰大銀幕，後來還拿到了影帝。

許摘星說：「那妳的眼光是挺好的。」

趙津津指著正在跟導演交涉的一個偶像歌手：「那個妳也不喜歡？我跟他一起出席好幾次活動了，他的粉絲可多了，聽說是少女殺手，長得挺帥的。」

許摘星興味索然地瞟了兩眼：「還好吧。」

趙津津一臉無語：「那我們還在這幹什麼，走吧，明星看多了也就這樣，妳不追星的話，還不如看我呢。」

許摘星：「……」

她也沒解釋，嘬著優酪乳跟趙津津去後臺休息室，期間有不少工作人員過來找趙津津要簽名合照，趙津津覺得這是人氣的代表，來者不拒，簽得可開心了。

到晚上的時候，許摘星拿到了一張ＶＩＰ座位的邀請卡，趙津津要準備上臺表演，她自己拿著邀請卡滿場逛，找到位子坐了下來。

這一圈坐的大多都是公司高管、投資人、還有相關行業的一些大佬，以及許摘星這種親朋好友。

她旁邊坐了兩個打扮精緻的女生，聽她們聊天的內容，應該是哪個經紀公司高層的親戚。許摘星坐在她們旁邊，免費聽了半小時的圈內八卦。

瓜（八卦）之大，一個摘星吃不下。

她正聽得興致勃勃，有個微微發福的中年男人從旁邊經過，不注意踩了其中一個女生的腳，那女生叫了一聲，中年男人立刻禮貌道歉：「不好意思不好意思，沒踩痛妳吧？」

那女生一臉怒意，看樣子想發火，但在看見男人賠笑的笑臉時，不知道為什麼，又把怒意壓下去了，淡聲說：「沒事。」

那男人笑了笑，走過去，走到前排坐下了。

許摘星在旁邊好奇地看著這一幕，正暗自猜測這個男人到底有什麼了不起的來頭，就聽見那女生低聲說：「寧欺君子，不惹小人。」

她朋友問出了許摘星最關心的事：「誰啊？」

女生說：「馬風凱，聽說過嗎？」

她朋友頓時一臉吃驚：「他啊！」

女生撇了下嘴：「回去這鞋就不要了，被他碰過，髒。」

她朋友贊同地點了點頭，然後繼續聊剛才沒聊完的某個十八線小明星為了上位假裝懷孕被原配抓到的八卦。

許摘星：「……」

妳們倒是把剛才那個男人的事說完啊！很吊人胃口好不好！

許摘星暗自腹誹了一下，實在忍不住，摸出手機在瀏覽器輸入「馬風凱」這個名字，企圖從網路上找八卦。

搜尋的結果很少，只有幾則新聞提到說馬風凱以前是模特兒經紀人，後來跳槽去了中天，現任練習生分部藝人主管。

我靠，中天練習生分部？

怎麼隨便八卦還八卦到自家愛豆身上了？

這下許摘星是真的忍不住了，社群網站不發達，想挖個更深的八卦都吃不到，趁著兩女生八卦完女明星假裝懷孕喝水休息的空檔，她慢騰騰把腦袋伸過去，小聲問：「姐姐，我可以跟妳打聽一件事嗎？」

能坐在這片區域的非富即貴，兩女生同時看向旁邊的女孩，見她一身奢侈品，長得也很可愛，第一印象不算差，笑著點了下頭，問：「什麼事呀？」

許摘星看了前排的背影一眼：「就是剛才踩妳腳的那個人，我聽妳們聊天，感覺很不喜歡他的樣子，為什麼啊？」

她眼睛閃閃發光，明晃晃在說，搞快點！八卦分我一口！

兩女生都被她的眼神逗笑了，笑過之後，那女生偏頭過來，壓低聲音道：「他以前是混模特兒圈的，就好男嫩模那一口，凡是他看上的，想方設法也要弄到手，根本不管別人願不願意，我有個閨密的男朋友，就是被他下了藥，最後差點鬧出人命來。」

那女生滿眼鄙視和氣憤：「我閨密跟她男朋友當時都快結婚了，出了這麼一檔事，她男朋友直接退圈了，模特兒也不當了，現在還在按時看心理醫生呢。這種人渣，就該被封殺，去哪不禍害別人？我聽人說，他最近又看中他們公司的一個小男生，但是對方態度挺抗拒的，他還在飯局上說，想盡辦法也要把人睡了。妳聽聽，這說的是人話嗎？噁心！」

許摘星起先還一副興致勃勃八卦的表情，聽到最後，全身開始發冷了。

本來以為尹暢就是最大的定時炸彈，沒想到這還藏著一個呢？

中天是瘋了嗎，把這種人弄到公司去當高管？

許摘星想起前世聽到的那些爆料，被隊友出賣得罪高層，導致岑風一直受到打壓。但為什麼會得罪高層，怎麼得罪的完全沒有爆出來。

岑風從出道開始資源就一直很虐，舞臺被邊緣化，攝影不給鏡頭，單人MV粗製濫造，這些都說明，在出道之前，他就已經得罪了人，是還在做練習生時發生的事。

所以，會是這個人嗎？

女生說完八卦，看許摘星臉色慘白慘白的，還以為她第一次聽說這種事，還怪不好意思的：「小妹妹妳就當八卦聽，別想太多哈，反正這種事也不可能發生在我們身上。」

許摘星勉強笑了一下，道謝之後坐了回去。

第十二章　嬋娟展

晚會很快開始了。

許摘星之前還興致濃郁，現在全然沒了觀賞的心情，一直垂著頭悶在那裡，企圖回憶起曾經看過的爆料中是否有有關這個馬風凱的蛛絲馬跡。

直到趙津津出場，她才稍微提起了精神，掏出包裡那塊燈牌，啪的一下把開關按開了。驟然亮起的紫色光芒差點沒把旁邊兩個女生的眼睛閃瞎。

這個時候用燈牌應援還是挺少見的，許摘星也是直接去當地一家燈箱廣告公司，現場畫了設計圖給老闆，連說帶比劃，讓老闆當場趕工出來的。

她問了趙津津，趙津津說她最喜歡紫色，於是就這麼定了應援色。

昏暗的觀眾席突然亮了個這麼亮眼的東西，連攝影大哥都把鏡頭給過來了。大螢幕出現一塊巨閃的燈牌，「趙津津」三個字閃閃發光，賺足了視線。

剛才跟許摘星八卦的女生湊過來，笑著問：「原來妳是趙津津的粉絲啊。妳這個在哪做的，好厲害的樣子，我回頭也做一個給我偶像。」

許摘星跟她說了，等趙津津表演結束，就把燈牌收了起來。

正式的慈善晚宴要等全部舞臺表演結束才開始，趙津津下臺後就去了明星席，許摘星托著腦袋悶聲坐在座位上，沒多久，肩膀被人拍了一下。

她回頭一看，居然是安南。

自從上次設計大賽結束，她就沒跟安南見過了，只是偶爾安南會傳個簡訊問候兩句。嬋娟成立之後，安南與她做了遠端訪談，飛天系列的裙子都上了那一期的《麗人》。

而後果然跟安南設想的一樣，史上最年輕奪冠設計師的名頭果然讓那期雜誌銷量暴增，看見是他，許摘星沉悶的心情才終於好了一些，驚喜道：「你怎麼也在這？」

安南在她旁邊的空位坐下來，笑著道：「看到趙津津的時候我就在想妳是不是也來了，沒想到在大螢幕上看到妳舉牌子。」

有安南在，許摘星也就不好再發呆了，不過安南多人精啊，很快就發現她有些心不在焉，順著她老往前瞄的視線問：「妳看誰呢？」

許摘星想了想，安南在雜誌媒體圈混了這麼多年，八卦小道消息應該也不少，如果想對馬風凱下手，還是要多掌握一些他的情況才行，於是假裝好奇道：「我剛才聽旁邊這兩個小姐姐八卦，說前排那個穿黑西裝的男人是個人渣。」

安南往前看了幾眼：「誰啊？」

話落，馬風凱剛好側過頭跟旁邊的人說什麼，安南看見他的臉，頓時一副了然的神情：「他啊，那的確是個人渣。」

許摘星驚訝道：「你也知道？」

安南挑眉：「知道我的外號叫什麼嗎？」見許摘星一副求知若渴的表情，噗嗤笑道：

「八卦小靈通。」

許摘星也笑了，若無其事道：「這種人渣，就沒人收拾他嗎？為什麼還把他留在圈內禍害人啊？」

安南嘆氣：「人品是不怎麼樣，但能力確實強。現在國內能叫出名字的那幾個男模都是他帶出來的。聽說他現在轉行帶藝人去了，經紀公司哪管你人品好不好啊，反正是做幕後的，又不需要站出來被觀眾審視檢驗。」

許摘星不開心道：「那就由著他下藥逼人就範啊？」

安南說：「所以他是出了名的人渣呢。人家資源互換都講究自願對不對，我願意被潛是一回事，你強迫我又是一回事。我聽說之前模特兒圈那件事鬧得挺大的，雖然最後壓下來了，但他也在那圈子待不下去了。不然妳以為他為什麼要跳槽到影視圈？最近倒是沒再聽說他搞事，應該是上次的事給了他警示，現在不敢胡作非為了。」

許摘星像個好奇寶寶：「那他結婚了嗎？他家人知道這些事嗎？」

安南笑著說：「這種人怎麼可能用婚姻束縛住自己，不過聽說情人倒是不少。你情我願的事，大家也不好說什麼，他手段挺陰的，人又記仇，沒幾個人願意招惹他，畢竟被小人惦記的滋味可不好受。妳別看他看起來老實，心狠著呢，還專挑那種冷冷酷酷的男生下手，而且好那一口……」

安南一頓，驀然反應過來這次八卦的對象還未成年，趕緊剎車，伸手在她頭上揉了一把：「妳以後還是少聽點這種限制級的八卦吧，不利於妳的身心成長。」

許摘星笑笑沒說話，袖下的手指卻已經死死捏緊了。

冷冷酷酷的男生，說的不就是自己愛豆嗎？

此人必死。

安南說完八卦，把目光重新投回舞臺，正準備欣賞一下表演，許摘星一副聽八卦入了迷的模樣蹭過來，繼續問：「哎呀，再多講講嘛，他除了人品不好，還做過其他什麼招人恨的事嗎？」

安南一臉無語地看著她：「妳這個小女生，好的不學，怎麼喜歡聽這些沒營養的東西。」話是這麼說，還是壓低聲音道：「都是傳言，我也不知道真假，聽說他幾年前在孤兒院領養過一個十歲的男孩……」

許摘星這下是真的驚恐了：「你的意思是……」

安南點點頭，聲音壓得更低：「我有個朋友跟他住同一個社區，夜跑的時候見過一次那小男孩，說是又瘦又虛，見人就躲。不過後來就再也沒見過了，我那朋友愛吹牛，我也不知道到底是真是假。」

許摘星起了一身雞皮疙瘩，蹭蹭地冒寒氣。

安南愛憐地看著她：「叫妳亂打聽，嚇著了吧。算了算了，看表演，嘿現在臺上這小帥哥不錯，快看。」

許摘星哪還有心思看小帥哥，腦子裡嗡嗡一團亂響，又憤怒又噁心，到最後都有些反胃了。安南察覺她不對勁，擔心道：「妳怎麼了？」

她按住胃部，勉強笑了一下：「沒吃晚飯，胃有點痛，安南哥我回房間去休息一下啊，再聯絡。」

安南說：「我送妳吧。」

許摘星搖搖頭，弓著身子站起來：「沒事，你看節目，我自己回去就行。」

她這麼說，安南也不勉強，朝她揮揮手，又說：「我聽說費老過幾個月要幫妳辦作品展了？到時候我會去捧場的。」

許摘星笑著點了下頭，抬步走了。

回到趙津津的休息間，她的妝髮師妍妍坐在裡面玩手機，看到許摘星進來，一下子站起身：「大小姐，妳怎麼回來了？」

許摘星說：「我有點不舒服，麻煩倒杯熱水給我。」

妍妍趕緊去了。

許摘星半躺在沙發上，回憶起剛才安南說的那些話，真是恨不得化身超級英雄，瞬移到人渣面前手撕了他。

她閉上眼，讓翻滾的思緒冷靜下來。

晚宴結束，趙津津聽說大小姐不舒服，只在媒體區接受了幾句採訪就趕緊跑了回來。

許摘星已經恢復了，面上看不出什麼異樣，趁著助理收拾東西準備離開的時候，低聲問趙津津：「妳手上有專業狗仔的聯絡方式嗎？」

現在的女星，哪能沒點自己的媒體資源。就算有公司撐腰，該有的人脈和資源一樣都不能少。

趙津津狐疑地打量她幾眼：「妳問這個做什麼？」

許摘星說：「有用，給我一個私密的聯絡方式，要做事牢靠專業嘴嚴的。」

趙津津還以為她要去對付哪個對家明星，一副了然的神情，給了她一個電話號碼。

許摘星嚴肅地拍拍她的肩：「天知，地知，妳知，我知。」

趙津津趕緊比了個發誓的手勢，還幫她打氣：「大小姐加油！」

工作結束，第二天，趙津津就秉持著東道主的身分帶許摘星去逛Z市。結果走哪都被圍堵，她現在國民度這麼高，不是一般的改裝就能偽裝的。

一路躲躲藏藏，許摘星玩了半天就受不了了，打發了趙津津，自己一個人逛完市區，然後坐車回家。

臨近期末，許母警告許摘星這次考試排名要是沒進全班前三，整個寒假就別想踏出房間一步。

嚇得許摘星連夜複習，終於在期末考試時回歸到全班第二的水準。

就在領通知書放寒假的前一天，無論是社會頻道還是娛樂頻道都爆出一則新聞。

B市某馬姓男子，借由領養之名囚禁虐待兒童，被蹲守的記者拍到關鍵性證據後呈交警察局，員警迅速出動將人逮捕，並在他家臥室發現多處虐待工具。被他領養的男孩已患上嚴重的心理疾病，被員警送至療養院照管。

這樣一則社會新聞之所以會上娛樂頭條，是因為此馬姓男子乃是老牌經紀公司中天娛樂的高層主管。新聞爆出後，中天娛樂迅速發表聲明撇清關係，不過這件事還是影響到中天的股市，聘用馬風凱的幾位人事主管被停職追責。

知道內情的人都覺得這件事做得大快人心，總算根除了圈內的這顆毒瘤。但爆料者是匿名，蹲拍的記者也查無此人。這件事做得如此人不知鬼不覺，圈內都說，是之前被馬風凱禍害過的受害者的報復行為。

看到新聞的安南……我有個不成熟的小懷疑。

這件事引起了社會公憤，更引起了相關部門對於兒童領養這一塊領養者身分調查核實的進一步重視。

無論是社會熱心人士還是娛樂圈八卦群眾，都群情激憤坐等結果。

大概是上頭下了命令，必須嚴懲以儆效尤，判決結果很快就出來了。馬風凱以虐待性侵兒童罪被判決七年有期徒刑，鋃鐺入獄。

事了拂衣去，深藏功與名的許摘星刪掉了手機裡狗仔的聯絡方式，登出了這張新辦不久的電話卡，開開心心下樓吃飯。

馬風凱被抓之後，中天練習生的閒聊對象終於從尹暢換成了這位曾經的馬總。在這之前，他們都不知道原來自己的頂頭上司居然是這樣的敗類。

員警是在練習生分部大樓的辦公室把人帶走的，當時所有練習生都跑出來圍觀，還以為是涉嫌商業上的一些經濟犯罪，直到新聞爆出來，才知道他們原來在一個人渣眼皮底下生活了這麼久。

想想都後怕。

岑風站在窗邊，隔著冬日的寒風，親眼看著這個曾經對他百般羞辱作威作福的人上了警車。可他心裡沒有產生多大的波動。

重生之後，他和馬風凱還沒正面交過鋒。距離馬風凱第一次讓尹暢在他水裡下藥，半夜摸進他的房間，被他擰骨折一條手臂，還有半年時間。

他已經做好了這一次敢來就再讓他斷一條腿的準備，沒想到根本用不著動手了。之後就是判刑的消息。

軌跡在不知不覺中發生了巨大的改變，曾經蛇鼠一窩的兩個人，就這麼從他的世界裡消失了。

尹暢的離開還可以說影響不大，但馬風凱一走，他一手策劃包裝的 S-Star 就不可能再出現。雖然公司依舊會推出一個組合，甚至可能依舊會叫 S-Star，但絕不會再是曾經那個組合。

重活一世，他變了，這個世界也變了，看上去，好像那些作惡之人都從他身邊消失了，前途一片坦蕩，可岑風並沒有因此感到開心。

原本熟悉的未來開始變得未知，一切又朝著不可控的方向發展。

未來好像又朝他露出一絲光芒，引誘著他前往。

看，是不是跟以前一模一樣？在他絕望死心的時候，拋出一個誘餌，等他上鉤了，再踢他進深淵。

以為他還會上當嗎？

岑風面無表情關上了窗。

馬風凱這件事造成的社會影響很大，直接導致了中天股市動盪，股票下跌，連中天的藝人都丟了不少偏正能量性質的代言和通告。

然後被辰星迅速撿漏。

許摘星沒想到自己只是收拾一個人渣，最後還能讓公司獲利，內心簡直美滋滋。不過沒人知道這件事是她幹的，雖然大家都在到處尋找這位正義使者，但她也不敢站出來認領。

畢竟那句話說得對，寧欺君子，不惹小人。他只判了七年，又不是無期，一旦被他記恨上，後續肯定麻煩不斷。

於是這種「豐功偉業」，只能在內心默默為自己鼓掌了。

鼓完了掌，繼續奮鬥自己的事業。

初夏的時候，嬋娟要在B市辦作品展，算是嬋娟成立以來第一次造勢。費老很看好這個小輩，也相信她能將嬋娟推向全世界，這次動用的資源和規模絕不比一場春季秀低。

除去之前的飛天外，這個系列中的其他三款裙子也早就都設計好了。因為作品展是在初夏舉辦，許摘星把四季系列中的「立夏」也做了出來，將會在這次秀展上一併亮相。

除開幾大系列的大高奢作品，還會有一些日常款、簡單款，這些就不用許摘星親自動手了，她出了設計圖之後，巴黎那邊安排專業人員手工縫製。

參與這次走秀的模特兒都是國際名模，只是飛天仍舊是由趙津津來展示。這樣好的時尚資源，簡直讓圈內一眾女明星嫉妒死了，紛紛想辦法搞到這次嬋娟秀展的邀請函，希望能被設計師看中，成為她的御用模特兒。

雖然有巴黎主辦方全程安排協調，但許摘星作為本場秀展的設計師，每個環節基本都要參與，確認無誤，每天簡直比許父還忙。

女兒人生中的第一次作品大展，許父當然也不能閒看著。年初的時候，重整後的樂娛影視就上線了，許摘星之前的建議在會議上全盤通過，許父大手一揮拿下國內幾大影視製作公司旗下的劇集網路獨播版權，又引進了不少國外熱播劇，版權之爭由此拉開序幕。

因為星辰搶奪了先機，之前沒有版權的影視平臺不得不下線劇集，於是用戶逐漸聚集到樂娛。來了之後發現，嘿這平臺不錯，畫質高清分類清楚，還有即時留言，可以邊看邊吐槽，跟同時看劇的網友們互動，簡直不要太新奇。

流量暴增之後，廣告贊助接踵而至，許父打鐵趁熱，跟辰星聯手，由趙津津代言了樂娛影視。

許父是做傳統媒體的行家，平面廣告簡直就是他的天下。於是人們每天只要一出門，都能在電梯裡、公車站、LED螢幕、街道看板上看見國民初戀甜甜地對他們說：「在樂娛，想看什麼看什麼。快來娛樂找我玩呀。」

名氣就這麼打出去了。

知道女兒要辦展，許父領著全公司的技術人員連夜加班，將本來打算在暑假推出的直播區提前上線了。

這樣，嬋娟展跟樂娛影視合作，就可以進行線上秀場直播了。

許父把首頁最好的宣傳位置給了「嬋娟秀」，知曉內因的人都知道這是父親對於女兒的支持，但大多數用戶和觀眾都在想，咦這個嬋娟秀是個什麼東西以前沒聽說過，封面上的裙子好好看哦，感覺好高級，看看是什麼時候，先預約直播。

樂娛的第一次線上直播，就這麼平穩地推出了。

臨近秀展的前兩天，許摘星才去跟老師請假。班導師雖然批了假，但還是嚴肅地告誡她：「妳馬上就要高三了，可不能再像現在這樣長時間請假，趁著這次暑假，把妳那些事都結一結。要搞清楚現在對於妳而言，升學考才是最重要的，知道嗎？」

許摘星趕緊點點頭。

到了B市，馬不停蹄去秀展現場看場地，檢查舞臺的搭建和服裝，走流程，彩排。對於人生中的第一次作品展，她還是挺重視的。

快到傍晚的時候，許延才帶著趙津津來看她，還帶了不少零食給她，趙津津為了明天的走秀，已經餓了好幾天肚子，許摘星吃打包的麻辣燙喝飲料，她就在旁邊啃菜葉子拌沙拉。

許摘星夾了塊小郡肝，沾了點乾辣椒，放到她嘴邊，趙津津抿著唇直往後躲：「不吃不吃不吃！我不能功虧一簣！許總豔壓通告都幫我寫好了，我必須對得起公司的栽培！」

許延：「……沒有豔壓通告。」

趙津津：「啊？這次不豔壓了嗎？」

許延：「這次是秀場，不是紅毯。跟妳一起的都是國際名模，妳壓她們做什麼？」

趙津津若有所思地點點頭，眼睛發光地湊過去，「那給我吃一口，啊！」

許延：「……」

一切確認無誤，到了第二天，秀展如期開展。

這次的場地在大型活動聚集的文娛區，場館叫水晶廳，是往年專門舉辦秀展的地方。一大早就開始封路，媒體是來得最早的，模特兒和工作人員進場時外面全是媒體在拍照。看秀的觀眾也陸陸續續到來，其中不乏當紅的明星，有些低調，就只是為了來看秀。有些高調，打扮得花枝招展，生怕別人不知道自己是誰。

水晶廳旁邊不遠處有個大場館，平時一些戶外綜藝的拍攝，團體活動的錄製都會在這裡進行。

中天的練習生最近正在這邊集訓，一百多人，每天吃住都在這裡面，為了年底的出道位表演進行最後的集訓。

每天下午的時候，老師會領著練習生出來跑步放風。今天封了路，一行幾十個人不得不繞道，練習生們一年四季都在大樓裡訓練，從來沒參加過活動，哪見過這陣仗，頻頻往那邊張望。

一群少年，性子活躍，吵吵鬧鬧。

「那是不是白思雨？穿紅裙子那個？」

「我看到謝童了！啊啊啊我的偶像！」

「我也好想進去看看哦。」

「你做夢吧。」

「我看上面寫什麼……嬋……嬋娟展？嬋娟展是什麼？」

領隊老師一臉頭疼地吼他們：「別看了！跑起來！等出道了有了人氣，這種秀展想進幾個進幾個，現在羡慕都是白搭！」

大家說說笑笑你推我擠的，繼續往前跑。

隊伍中間一直垂眸看著地面的岑風卻突然停下了腳步，轉頭看了過去。他一停，隊形就亂了，旁邊幾個都喊他：「岑風，走啊！別看了！」

他沒說話，側身退出隊伍，抬步朝水晶廳的方向走過去。

剛跑起來的一群人又停了下來，震驚地看著他的背影，領隊老師氣得不行，喊他：「岑風，你做什麼去！」

他腳步沒停，淡聲說：「過去看看。」

領隊老師也知道他的脾氣，平時不惹麻煩不添亂，比任何人都規矩，但一旦他想要做的事，誰都無法阻止。

索性不管他了，沒好氣道：「那你等等自己回去！」

這話一出，其他練習生不幹了：「老師，我們也想去看看！」

「對！我們也要去，岑風都可以去，我們為什麼不能去？」

其中有個跟岑風關係不好的練習生冷笑道：「別給老師找麻煩了啊，一個麻煩還不夠嗎？有什麼好看的？進得去嗎？往那一站跟個保全似的，丟人。」

這話剛落，對面沿街開過的一輛賓士商務車在路邊停了下來，一個穿著連衣裙的長髮女孩從車上跳下來，因為動作太急切，下車的時候還扭了一下腳。

她朝他們的方向跑過來，不知道在喊誰：「哥哥！」

所有人都愣了一下，好奇地想，這誰的妹妹？

岑風停下腳步，抬頭看去，女孩拎著裙子穿過街道，像夏日一道五彩的風，興奮地跑到他面前：「哥哥，真的是你！你怎麼在這？你是專門來看我的嗎？」

快有一年未見，她長高了很多。

臉上的嬰兒肥褪去不少，出落得像個大女孩了。

見岑風垂眸看著她不說話，許摘星心尖一跳，不由得抬手捂住了鼻子，驚恐道：「我不會又流鼻血了吧？」

他終於笑起來，眼底有他丟失很久，名為溫柔的光。

許摘星見他笑了，自己也跟著笑起來，仰著頭小聲問他：「哥哥，裡面在辦我的作品展，你要不要……進去看一看呀？」

那眼睛發著光，像在說，我好厲害的！快去看一看呀快去看一看呀！

岑風點頭說好。

許摘星眼睛眨了眨，在他點頭的那一刻，眼淚差點落下來。

——她期望有一天，她能帶著自己的作品站在岑風面前，驕傲地對他說：「哥哥，看，我做到了。」

——她想對他說，謝謝你的出現，謝謝你彈琴給我聽，謝謝你讓我沒有放棄自己，謝謝你讓我成為這樣的自己。

岑風死後，她本以為，這一生都無法再實現。

而此刻，他站在她面前。

她終於可以對他說，我做到了。

剛才吵鬧的練習生們全部安靜下來了。站在原地目瞪口呆看著岑風跟著那個女孩上了賓士商務車，然後從ＶＩＰ入口開了進去。

那真是他妹妹嗎？不像啊！

岑風的家世他們是知道的，逢年過節從來沒有家人來探望他，平日吃住都在公司，他獨來獨往，跟這世界格格不入，沒有親人，也沒有朋友。

那個女孩一看就是非富即貴，岑風怎麼會認識這樣的人？

而且車子走的還是ＶＩＰ通道，剛才他們看見的那幾個明星都是從秀展入口進的，能走ＶＩＰ的，必然身分不凡。

一群人面面相覷，有羨慕的，也有嫉妒的。嘲諷岑風的那個練習生臉色極為難看，他平時比較高調，人緣不太好，當即就有人藉故嘲他：「唉，剛才不是有人說去了也進不去，像個保全似的丟人嗎？岑風怎麼進去了啊？」

不少人竊笑，領隊老師拍拍手大聲道：「好了好了，都別看了！趕緊把剩下的路程跑完，下午不想訓練了是不是？」

幾十個練習生又才陸陸續續地跑起來。

商務車內，許摘星正襟危坐，餘光不敢往旁邊瞟。

第一次跟愛豆同處這麼私密的空間，心臟都快跳出來了。車內除了司機，還有一個主辦方安排全程協助她的女助理，叫小水，坐在副駕駛座，回頭好奇地打量了幾眼，問許摘星：「這是妳朋友嗎？」

許摘星趕緊點頭：「對對，小水姐姐，妳等等幫忙在ＶＩＰ席安排一個位子哈。」

小水笑著說：「行。」

她這兩天都跟著許摘星，還是第一次見她這麼拘束的模樣，不由得對後排那個氣質冷冰冰的少年有些好奇，想問點什麼，又覺得氣氛有點尷尬，默默坐回去了。

許摘星有一下沒一下地摳著指甲，突然想到什麼，趕緊轉頭說：「哥哥，你還不知道我的名字吧？我叫……」

「許摘星。」岑風打斷她，偏頭看過來：「我知道。」

女孩的瞳孔放大了，隔了好半天才震驚地小聲問：「你……你怎麼知道的？」

岑風說：「我看了比賽。」

許摘星想起那一次告訴他自己拿獎了，是提過巴黎時裝設計大賽，沒想到他回去之後竟然找出比賽影片看了。

啊啊啊莫名好羞恥啊！

她耳根都紅了，悶著半天沒說話，見岑風將目光投向車窗外，偷偷拿出手機，傳簡訊給趙津津：『等一下看到我假裝跟我不熟。』

傳完之後，也不管趙津津回了什麼，若無其事把手機收了起來。

車子很快停好，下車的時候，剛好遇到趙津津跟著妍妍邊說話邊走了過來。許摘星一看到她心都提到了嗓子眼，生怕她沒收到自己的簡訊，一口大小姐爆拆了自己偽裝。

結果趙津津抬眼看到她，只是非常客套地笑了一下，禮貌招呼：「許設計師。」

許摘星高冷地點了下頭。

兩人對飆演技，都在心裡為對方點了個讚。

待看見岑風，趙津津驚訝地一挑眉，目光在他和許摘星身上來回掃了兩圈，露出一個神祕莫測的笑容，什麼也沒說，加快步伐走了。

趙津津在穿飛天走秀前，只是個默默無名的新人，飛天可謂是成就了設計師和模特兒雙方，只要戲做足，許摘星並不擔心岑風會懷疑她和趙津津的關係。

她默默鬆了一口氣，決定今天秀展結束幫趙津津的便當加雞腿。

她偏頭看岑風，他冷冷清清站在原地，臉上沒有多餘的神情，正淡淡打量四周的一切。

正要說話，負責這次秀展的元斯老師拿著文件跑了過來，遠遠就喊：「摘星啊，快快快，妳看看這個出場安排，怎麼跟昨天彩排時不一樣啊？月色怎麼放到紅妝前面去了？」

許摘星迎上去：「是我昨晚臨時調的，我調了一下色調。」她說到一半，又趕緊回過頭去，看著岑風道：「哥哥，我……」

岑風笑了笑：「去忙吧。」

許摘星抿了抿唇，嗓音懇切：「哥哥，我忙完了就來找你，你需要什麼就跟小水姐姐說。」

他點了下頭。

許摘星又朝小水投去幾個拜託的眼神，一步三回頭，終於走遠了。

小水已經幻想了一百場青梅竹馬甜寵劇，等許摘星離開，笑吟吟道：「小帥哥，跟我來吧，我帶你去秀場。」

少年神情冷漠，不鹹不淡地點了下頭。

小水本來還想接著八卦一下的，被他這氣質一冰，剩下的話都憋回去了。

秀展很快開始。

整個秀場的設計和搭建都十分奢華，加入了中式古典元素，包括音樂也用到了國樂宮廷調。攝影機的哢嚓聲起此彼伏，看秀的人時而交頭接耳，言語間都是讚美。

岑風上一世也看過秀，跟團一起，基本都是為了話題度和出鏡率。看完之後，尹暢的造型總是會上熱搜。而他默默無聞，連路透圖都不會有一張。

但今天不知怎麼回事，不停有白光朝著他所在的方向閃爍。

他倒是習慣了這種刺眼的白光，面色冷靜坐在座位上。他旁邊坐了一對夫妻，中年男人一身西裝，大腹便便，一看就是那種生意場上的成功人士，被白光閃了一陣子，突然側過頭不無興奮地說：「妳看那些媒體，是不是在拍我？」

他妻子白了他一眼：「拍你好看嗎拍你？人家拍的是我們旁邊那個小帥哥。」

中年男人怪不高興的：「怎麼就不是拍我了？說不定媒體知道我是設計師的爸爸，所以專門拍我呢！」

岑風穩坐的身子終於動了一下。

他妻子道：「那你還不把自己的臉擋起來？就你這副模樣上了娛樂新聞，讓我們摘星丟臉。」

中年男人氣得不行：「妳怎麼說話的？怎麼說話的？我怎麼就讓摘星丟臉了？妳才丟臉！穿金戴銀，庸俗！」

這下輪到他妻子生氣了，抬手就在他腰間掐了一把：「我這叫幫女兒長臉！你懂什麼！」

中年男人被掐得往旁邊躲，不小心撞上了岑風的肩。他趕緊轉過身道歉：「不好意思不好意思。」

岑風偏過頭看著這對中年夫妻，他們跟這世上大多數父母並無兩樣，絮絮叨叨吵吵鬧鬧，卻又親切慈祥，說到女兒時，滿臉驕傲。

他笑著搖了下頭：「沒事。」

這樣的父母，難怪會養出許摘星那樣活躍又熱情的性格。

秀展快結束的時候，許父的手機響了好幾遍，他朝岑風的方向背過身捂著嘴，電話一接通就道：「不是說了嗎，我明天就回S市！」

那頭不知道說了什麼，他怪不高興的：「我就這一個寶貝女兒，我能不來捧場嗎？好了好了好了，我明天一早就回去。陳主任你放心，我走之前打好招呼了的，智博園那塊地皮跑不了。你與其擔心智博園，不如去龍城看看，我聽老劉說有幾家釘子戶賴著不走，坐地起價，你趕緊去處理了！可不能因為這種事延期工地開工。」

許父聲音不小，一字一句全部落在岑風耳裡。

他起先還疑惑過許摘星的身分，現在聽到許父接電話，才明瞭，原來是做房地產的商人。那也難怪富裕，能支撐起許摘星這樣奢華的夢想。

秀展剛結束，許父許母就被人接走了。岑風坐在原位不動，對面媒體區好幾個記者也不走，對著他一頓猛拍。

長相氣質如此出彩，都以為是圈內的新人，互相問了一遍都說不認識。算了，管他認不認識，拍了再說。

他皺了下眉，起身往外走。

剛走到出口，就看見許摘星火急火燎地跑了過來，看到他時腳步一頓，眼裡的急切換做了笑意，「哥哥，我忙完啦。」

其實還有一些收尾工作，她都交給元斯和小水了，擔心以愛豆的性子，看完秀說不定默不作聲就走了，把父母送上車就趕緊跑了過來。

沒想到他還在這裡等她。

她覺得心裡又甜又軟，是那種恨不得把一切美好和溫柔都送給他的心情。

從後臺走出去時，人都已經走得差不多了。許摘星現在畢竟還是個學生，不願意過多露面，媒體採訪都交由模特兒去處理。

初夏的陽光剛剛好，不冷不熱，明媚又不過分刺眼。

許摘星之前看到那群練習生的時候其實心裡就有猜測，不過還是問他：「哥哥，你在這裡做什麼呀？」

岑風指了下不遠處那棟大樓：「在那裡面集訓。」他頓了頓，加上一句：「練習生集訓。」

許摘星適時表現一下自己的驚訝，但戲不敢太過了，興奮的心情倒是真的：「那你以後會出道嗎？等你出道了，我一定當你的頭號粉絲！」

岑風淡淡笑了一下，沒回答。

他一笑她就開心，仰著頭有點小期盼地問他：「哥哥，你幫我寫的作業，寫了嗎？」

那個記錄他每天開心的本子。

他總是陷在難過裡，而她想方設法讓他開心。

許摘星本來以為這麼長時間了，他應該早就忘記那個聽上去很奇怪的要求了，沒想到岑風點了下頭，他說：「寫了，要拿給妳嗎？」

許摘星眼睛裡冒出星星來：「好啊好啊！」

「在宿舍。」他看了前面的集訓大樓一眼：「我回去拿。」

許摘星下意識說：「我跟你……」她一頓，抿了下唇，改為小心翼翼地詢問：「我可以跟你一起去嗎？」

面對他時，她好像總是在徵求他的意見，不想做任何為難勉強他的事。

岑風心裡面那層帶刺的殼，不自覺軟了半分。

他說：「可以。」

第十三章　社群時代

前面封了路，後面繞道要繞一個大圈。

不過正好遂了許摘星的意，這樣就可以滿足一下自己的小私心，跟愛豆多待幾分鐘。

許摘星以前看過一句話——「任何一種環境或者一個人，見面就預感到離別的隱痛時，你必定愛上了他」。

每一次見岑風，都有這樣的感覺。

才剛剛遇到，就已經在難過不久之後的分別。

總希望離別的時間能遠一點，再遠一點。總期望相處的時間能慢一點，再慢一點。於是，這樣多出來的幾分鐘，就像曾經追活動，演出結束岑風卻走出來跟她們揮手道別時，天賜的驚喜。

她的腳步有些雀躍，想跟他說什麼，卻又不知道該說什麼，就那麼乖乖地跟在他身邊，保持著她自覺分寸感的距離，享受過一秒少一秒的獨處時光。

真的好開心好開心好開心呀。

岑風突然喊她：「許摘星。」

第一次被愛豆直呼大名，許摘星茫然一愣，心裡一抖：「啊？」

他被她傻乎乎的表情逗笑了：「要不要吃霜淇淋？」

前面有一家便利商店，是這條街上為數不多的商店，練習生們平時買什麼生活用品和零食都要到這裡來買。

許摘星幸福得快要冒煙了。

愛豆說要請我吃霜淇淋！愛豆要請我吃霜淇淋了！啊啊啊要死了唇角瘋他媽往上翹！許摘星穩住！妳穩住！妳可以的！

她繃著唇角，有點嚴肅地點了下頭。

便利商店有股食品混雜的香味，岑風推開冰櫃，問她：「要吃哪個？」

當然要愛豆同款啊！許摘星趕緊說：「跟你一樣的！」

岑風其實也沒有特別喜歡吃這些，想了想女孩子會喜歡的口味，挑了兩個香草的。正在付錢，門口又走進來幾個練習生，看到岑風都是一愣。

這麼一下午的時間，整個練習生分部已經知道他進去看秀的事情。人多口雜，傳來傳去，難免就有惡意的謠言傳出來，說岑風是被富婆包養了。

這幾個練習生都不在下午放風的隊伍裡，當然也就沒見過許摘星，看她在飲料架邊挑挑選選，還以為是買東西的路人。

岑風這兩年獨來獨往，性子冷不說，對誰都沒有好臉色，能力又強，被不少一心想爭出道位的人視作眼中釘。

進來的這幾個練習生都是實力強悍很有可能出道的人，他們平時一向抱團，看到岑風落單，又有現成的八卦，當然不會放過嘲諷的機會。

其中一個不懷好意地笑道：「岑風，怎麼只有你一個人，你的金主呢？」

另一個慢悠悠走到他身邊，看他正在付錢，伸出兩根手指拎起一個放在收銀櫃旁邊架子上的保險套，丟到他手邊：「這個別忘了買啊，安全衛生還是要注意嘛。」

岑風眼神一冷，還沒來得及說話，就聽見身後呲呲兩聲。

下一秒，一大瓶可樂噴射而出，滋了說話的那兩男生滿頭滿身。

變故發生得實在是太突然了，誰也沒想到站在飲料架旁邊的女孩會突然抱起一瓶可樂狠狠搖了搖，對準他們噴過來。

可樂滋得到處都是，兩男生直接被噴成了落湯雞，一時之間尖叫怒罵，混亂不斷。

岑風呆住了。

許摘星滋完可樂，將瓶子狠狠砸過去，又一把奪過岑風手裡的兩個霜淇淋，照著那兩個男生的臉就糊了上去。

這下對方終於反應過來了，剛狼狽地避開，正要怒罵，緊接著打火機、口香糖、巧克力，包括剛才他用來侮辱岑風的保險套，凡是放在收銀檯上的東西，全部一股腦地對著他砸了過來。

許摘星就像頭失去理智的小豹子，一臉殺氣騰騰，要跟他們拚命。

幾個人邊躲邊罵：「他媽這誰啊！你他媽住手，再砸老子不客氣了！」

許摘星睚眥欲裂：「來啊！來打架啊！一群臭傢伙！爛蒼蠅！惡臭蟑螂！誰怕誰！來啊！我們看誰弄死誰！」

被砸得最慘的練習生臉都氣白了，擼著袖子就朝她衝過來：「你他媽……」

話沒說完，要跟他們拚命的女孩被岑風拉到身後。他手臂往後護住她，神情冰冷看向罵罵咧咧的男生，問他：「想打架？」

尹暢走後，岑風差點將他從十幾層高樓扔下去的事情就傳開了。

此刻，被那雙毫無溫度的鋒銳目光一刺，那男生瞬間清醒過來。

眼前這個人，打起架來是會殺人的。

旁邊幾個練習生都來拉他，畢竟是他們出言侮辱在先，剛才動手的又是個小女生，鬧大了不占理的還是他們，都道：「算了，以後再跟他算帳。」

那男生牙齒緊咬，手指狠狠點了點他身後的許摘星，放狠話道：「我記住妳了。」

許摘星惡聲道：「記你爸爸幹什麼？我沒有你這種不肖子孫！」

岑風：「……」

有點頭疼。

男生差點被她氣死了，本來要走了，又回過頭來：「妳他媽再罵一句！」

許摘星一副「你以為老子不敢？」的神情：「你這個辣雞！你爸爸今晚必種枇杷樹！你爺爺下象棋必被指指點點！你媽媽廣場舞必不能領舞！你奶奶買菜必遇超級加倍！你必變智障下半生不能自理！」

岑風：？

幾個練習生：？？？

為首那男生只感覺胸口一痛，一口血差點噴出來。

岑風有點繃不住笑。他伸手按了下突突跳的眼角，回頭喊她：「許摘星。」

兇神惡煞的女孩表情一收，一下變得拘束，有點緊張地看著他。

岑風柔聲說：「好了。」

她抿住唇，果然就不說話了。

幾個練習生怕再待下去真的出人命，也不知道氣死人犯不犯法，趕緊拖著同伴走了。便利商店一片狼藉，從頭到尾都不敢說話的老闆終於顫巍巍道：「這些……」

岑風把口袋裡的錢都掏出來，放在收銀臺上：「夠了嗎？」

老闆趕緊點頭：「夠了夠了。」

他抱歉地朝老闆笑了笑，轉身走到冰櫃的位置，從裡面又拿了兩個霜淇淋出來，然後拉著許摘星的小手臂，走出了便利商店。

傍晚陽光柔軟，有淺淡的橘色。

許摘星感覺身體內翻湧的氣血還沒有平復下去，一直悶著頭不說話。岑風把霜淇淋外包裝撕開，微微蹲下身，像哄小朋友一樣，遞到她眼前。

香草的甜香味竄進她的鼻腔。

她吸吸鼻子，慢慢抬眸看著眼前的少年，難過得有些語無倫次：「哥哥，對不起，我不是那麼凶的，我平時不是那樣的……」

他蹲下身子，她站著只比他高了一些，他要微微仰著頭，漂亮的眼睛裡都是溫柔的笑意，「嗯，我知道。」

她說著說著，眼眶變紅了：「他們欺負你……」

在她不知道的地方，這些壞人都在欺負他。

她可以解決一個、兩個、三個，甚至更多。可是源源不斷的，像蟑螂一樣，不停有惡意冒出來。

他們不知道言語會給別人帶來什麼樣的傷害。

他們不明白隨意評價別人就已經是一種惡行。

她拚盡全力想要保護他，可她還是無法保護好他。

她覺得好難過。

岑風彎著唇角笑起來。那一刻，好像又回到曾經，她站在臺下，奮力地墊著腳，望向舞臺的方向，大螢幕上出現他的笑。

那麼溫柔，像聚集了這世上所有的美好。

他低聲哄她：「他們不敢欺負我，沒有人能欺負我。」

她死死繃著嘴角，不讓眼淚流出來。

岑風晃了晃手中的霜淇淋：「再不吃就融化了。」

許摘星一把拿過來，放到嘴邊咬了一大口。他笑了笑，站起身，撕開另一個的包裝，自己咬了一口。

誰都沒有再說話，各自吃著霜淇淋，走到了集訓大樓的外面。進出需要門禁，岑風低頭交代她：「在這裡等我。」

許摘星重重地點點頭。

岑風又轉身跟門衛室的保全說：「麻煩幫我照顧一下小妹妹，我很快就出來。」

他說很快，果然很快，不到五分鐘，許摘星就看見愛豆一路跑了過來。

他跑起來的時候，風把頭髮和衣服吹得飛揚，像逆著時光歸來的少年，整個人閃閃發亮。

筆記本是黑色的，沒有多餘的裝飾，是非常簡單的款式，卻因為滿載了他的心情，而變得彌足珍貴起來。

許摘星接過筆記本抱在心口，甚至捨不得翻開。

集訓大樓響起鈴聲，讓全部練習生到演播廳集合。岑風回頭看了一眼，還沒說話，許摘星立即道：「哥哥你快回去吧，遲到了會被罵的！」

她抱著本子後退兩步，抿著唇乖乖地笑，跟他揮揮手：「哥哥再見。」

岑風眼睫顫了一下，幾秒之後，突然拿出自己的手機遞過去。許摘星還沒理解他的意思，就聽到他說：「把妳的電話存進去。」

她差點跳起來。

哆哆嗦嗦接過手機，輸入自己的電話號碼，又有點緊張地還給他。

岑風看了一眼，修長手指按了幾個字，應該是存了她的名字。

許摘星激動得不行，正要說話，岑風說：「以後想說什麼就傳訊息給我，不要再去部落格留言，我很少上。」

許摘星：？？？？？

什麼部落格？不是我！我不承認！

岑風存完電話，將手機放回口袋裡，抬頭看見她驚恐的小眼神，微微笑了一下：「回去吧。」

許摘星：「……」

她吞了吞口水，試圖詭辯：「哥哥你在說什麼呀？什麼部落格？我聽不懂。」

岑風偏頭打量她幾眼，眸色淡漠：「真的聽不懂？」

許摘星：「……」

我懂，我懂還不行嗎？

許摘星思來想去半天，覺得都是「上天摘星星給你」這個ＩＤ的鍋。

愛豆那麼聰明，知道她的名字後，再看這個ＩＤ，肯定會聯想起來。唉，你沒事上什麼天？摘什麼星星？露餡了吧！

自己留言的時候，應該沒說什麼影響形象的話吧？不就是，誇一誇愛豆的盛世美顏？拍一拍馬屁嗎？嗯，問題不大！

許摘星結結巴巴：「我……我是無意中看到你的大頭照和照片，才知道那是你……」

他的部落格是當年簽約練習生之後公司統一註冊的，大頭照用的是他訓練的照片，相簿裡也有上傳，她會發現是他並不意外。

岑風沒有多想。

他允許了她的靠近，沒有意識到他待她比對這個世界寬容很多。

集合鈴聲再一次響起，許摘星趕緊說：「哥哥，快回去吧！」

岑風點了下頭，轉身往裡走去。許摘星依依不捨地看著他的背影，口袋裡的手機震了兩聲。她拿出來看了看，是一通陌生來電。

許摘星接通：「喂？」

電話裡傳出愛豆的聲音：『路上注意安全。』

她猛地抬頭，看見愛豆邊走邊打電話的背影，心肝簡直都在亂顫了，胡亂地點點頭，「嗯嗯，我知道！哥哥再見！」

他有幾秒鐘的停頓，然後低聲：『再見。』

許摘星捨不掉掛掉愛豆的電話，捏著手機看著螢幕，打算等那邊掛斷。結果等了一陣子，通話還保持著，岑風已經進了大樓不見身影，她又遲疑地把手機拿到耳邊：「哥哥？」

岑風說：『嗯？』

許摘星委屈兮兮：「你為什麼不掛電話？」

岑風：『……』

他不知道是不是笑了，聲音比之前輕快一些，『嗯，現在掛。』

許摘星又說：「嗯嗯，哥哥再見。」

這下才終於掛斷。

她悵然若失地盯著螢幕看了一陣子，回過神來後，又趕緊把愛豆的電話號碼存起來。存名字的時候犯難了。

存什麼好呢？直接存名字肯定不行。寶貝嗎？被她爸媽看到會被打死的。老公？呸呸呸更不可能。那就哥哥？可是感覺好平淡啊。糾結半天，最後一臉嚴肅地打下兩個字：我崽。

事業媽粉就要有事業媽粉的覺悟！

許摘星抱著筆記本開開心心回去了。

水晶館外面，趙津津已經收拾好在車內等她。笑笑站在車外面，遠遠看見許摘星一臉姨母笑地走回來，跟她招手：「大小姐，這邊。」

趙津津從車窗探出腦袋謹慎地看了看，確定是她一個人，小帥哥並不在場，才鬆了口氣，推開車門跳下來。

許摘星已經走近，趙津津盯著她奇怪地問：「妳笑什麼？」

許摘星：「啊？我笑了嗎？」

趙津津：「……」她又看到她懷裡緊緊抱著的筆記本，好奇道：「什麼東西？」

問了一句，許摘星就跟她會來搶一樣，一下子背過身去，護犢子一樣：「不能碰！」

趙津津：「……」

她一臉無語：「好好好，不碰，快點上來啦！」

許摘星爬上車，拿過自己的雙肩包，妥妥帖帖地把筆記本放進去，寶貝似的輕輕拍了拍，抱著包傻笑。

趙津津現在對她奇奇怪怪的行為已經見怪不怪了，問她：「妳是怎麼又把那個小帥哥勾搭過來的？我還以為已經沒戲了呢，怎麼樣？他同意簽辰星了嗎？」

許摘星嫌棄地看了她一眼：「妳好吵。」打擾到我跟我愛豆的筆記本進行思想交流了。

趙津津：？

她哼了一聲，氣呼呼不說話了。

許延今天去跟其他幾家影視製作公司的高層聚餐，聊下一部劇投資的事，沒來參加許摘星的作品展。趙津津一行人到辰星的時候，他才開著車回來。

兩輛車剛好停靠在一起，趙津津下車之後嘴巴噘得可以掛水桶了。

許延一看到她那樣就笑：「怎麼了？」

趙津津委屈兮兮：「大小姐說我吵。」

許延：「妳本來就很吵。」

趙津津：？？？

你們這一家人是怎麼回事？

許摘星抱著雙肩包傻笑著下來時，趙津津已經氣呼呼地跑走了。

她看到許延眼睛一亮，開心地跑過去：「哥，你回來啦？談得怎麼樣？」

許延跟她一道往裡走：「四個點。」

許摘星豎大拇指：「不錯呀，比之前高了一個點。」她左右看了一圈，「咦，津津姐姐呢？」

許延說：「被妳氣跑了。」

許摘星：「……我惹她了嗎？」她把雙肩包揹在身上，「虧我還安排了那麼多人拍她的美照，等一下還要發文幫她占領論壇，哼。」

許延一臉無奈：「這種事交給宣發部就行了，妳去做什麼？」

許摘星說：「我提前學習學習。」

一出電梯，許摘星就跑到宣發部門。她安排的專業攝影拍下的趙津津的圖已經精修好了，傳上網路各大平臺。

這種水軍性質的行銷都包給了外面專業的公司，宣發部門主要還是監管和指揮。許摘星坐在電腦前登錄論壇更新，沒多久，帶有趙津津美圖的文章就標紅了。

——《驚！國民初戀再秀飛天，趙津津美圖全覽》

——《八卦：趙津津的時尚資源也太好了吧，嬋娟設計師御用模特，我為我女神慕了》

——《理性討論：今日秀場最美模特是趙津津嗎？》

——《啊啊啊趙津津太好看了吧！朋友拍了好多生圖，進文看！》

——《不撕，從新人到時尚大咖，從龍套到當紅小花，趙津津都經歷了什麼？》

——《趙津津的躥紅路線是不可複製的嗎？》

有些文章是公司安排上傳的，有些則是路人看到之後有感而發參與討論的，意在利用這一次嬋娟秀為趙津津提咖。她現在國民度和人氣都有了，下一步棋就是咖位的提升。

許延給她的定位並不止於國民初戀，是奔著影后大花去的。

許摘星雖然有來自將來的前瞻性，但在包裝行銷藝人這方面，還是讓許延佩服得五體投地。

不由得開始幻想，要是她能親自帶自己的愛豆該有多好啊。

算了，自己多學習學習，觀摩觀摩，等愛豆出道了，自己親自上陣！

許摘星豪情壯志。

嬋娟秀過後，趙津津的名氣和咖位有了很大的的飛躍，聽許延說，接下來她要接的劇也從之前的偶像劇換成了正劇。離電影還是差些火候，不過不著急，總有那麼一天的。

許摘星回到S市之後，考完期末考試，只放了半個月的假，就正式進入了高三。許父許母包括學校老師都監督她不准再亂跑，安安心心備戰升學考。

好在她之前已經把四季系列的設計稿都畫完了，嬋娟秀上展示的作品足夠應付接下來一年的空窗期。主辦方那邊也挺理解，承諾這一年會幫她運營嬋娟。

許摘星是經歷過升學考的人，雖然她早就忘了當年升學考的題目，但一來成績好，二來心態穩，相對於身邊的人，她反倒是最輕鬆的一個。

讀書之餘，還有空關心娛樂圈大事。

比如，社群網站正式上線。

社群公司那邊其實早就有聯絡過辰星的藝人做聯合推廣。明星進駐社群網站，帶動粉絲，影響路人。

許摘星老早就跟許延打招呼：「去！快點去！一定要去！早註冊早扎根！我們要當今後的熱搜話題王！」

許延：「……」

於是辰星的藝人是最早註冊社群的一批明星。

其中還包括辰星娛樂官方帳號，每個藝人的後援會帳號，當然也有粉絲自發的應援組織。粉絲現在的主要陣地還是在論壇，但許摘星知道，不久之後都會轉移到社群上來。

現在說什麼打投反黑應援組還太早了，她暫時沒提，只是提醒許延把該註冊的都註冊了，該申黃V的申黃V，該申藍V的申藍V。

當然她也不閒著，搞好自己的大號「上天摘星星給你」之後，又迅速註冊了一個小號。這個小號可不能再被愛豆發現，取了個非常平平無奇的ＩＤ，叫「你若化成風」。

不管怎麼平平無奇，反正ＩＤ必須跟愛豆有關，這是追星少女的原則。

隨著大批明星進駐社群，越來越多人關注到這個新起的網路媒體平臺。許摘星身邊的同學都拋棄了部落格，紛紛轉轉陣地，學校掀起一股互關風。

這下許摘星倒是不藏著捏著了，大方地把自己的ＩＤ交出來，程佑成了她互關的第一個人。許摘星在學校名氣大，ＩＤ傳開之後，一夜之間漲了五百多個粉絲。

程佑看著自己可憐兮兮的四十六個粉絲，一臉羨慕：「摘星，妳的粉絲好多啊。」

許摘星：「沒事，以後網站會送僵屍粉給妳的，清都清不完。珍惜妳現在全是真粉的時刻吧。」

程佑：「……」

為什麼妳看上去一副很懂的樣子？

許摘星不理她，拿著手機偷偷地切到小號上面。其實她對岑風註冊帳號並不抱希望，畢竟還沒出道，按照愛豆的性格，也不大可能註冊。

沒想到一搜，居然被她搜出來了。

ＩＤ是岑風，大頭照就是之前的部落格大頭照，認證是「中天練習生」。

看著這個熟悉的ＩＤ，加Ｖ的大頭照，許摘星眼眶一熱，瞬間像被拉回到了曾經。那些每天對著這個ＩＤ留言、打榜、掐架，期盼他上線的時光。

應該是中天買的粉，粉絲已經有兩千多了，許摘星趕緊用小號點了關注，然後戳進了愛豆的首頁。

他還沒有發過貼文。

粉絲上千，關注只有二。

許摘星好奇地點進他的關注列表。

第一個是「中天娛樂」。

第二個……

我靠？

上天摘星星給你？

這不是我嗎？

帳號被愛豆關注，就好像課堂上被老師鎖定，彷彿在說，I watching you。

還讓她怎麼暢所欲言！

許摘星痛心疾首，捶胸頓足，悔不該當初。為什麼！為什麼不保護好自己的帳號呢！

從今往後，這個大號就要戴上偽裝的假面，乖巧可愛，積極向上，再也不能分享那些哈哈哈的黃色小段子了！

腦子裡突然冒出一個念頭，要不然把愛豆移除粉絲禁止關注吧？

我靠許摘星！妳瘋了！妳怎麼能有這麼可怕的大逆不道的想法！

我該死！

算了算了，關注就關注吧，大不了，以後在小號上八卦掐架哈哈哈，大號就拿來當一個維護形象的花瓶吧，唉。

於是許摘星一臉痛心切回大號上，上傳了開通社群以來的第一則動態。

——@上天摘星星給你：『今天也是努力讀書的一天！』

配圖：數學試卷。

旁邊正在哈哈哈哈哈哈分享笑話的程佑：？

許摘星：QAQ

像不像只對爸媽可見的貼文？

發完文，她點開自己的粉絲列表，一頁頁地翻。因為這兩天關注她的同學太多了，她也沒細看，根本就沒注意到愛豆的帳號是什麼時候混進來的。

現在一翻，才發現原來早在前天晚上愛豆就關注她了。

蒼天啊，我居然冷落了愛豆四十二個小時！

許摘星哭唧唧地點了關注，於是狀態變成了互相關注。

有一種不真實的夢幻感！

我跟愛豆互關了！

啊啊啊許摘星妳剛才還矯情什麼？不就是不能八卦嗎！不就是不能放飛自我嗎！不就是要兢兢業業當一個正能量女孩嗎？

我可以！我能行！

八卦誠可貴，段子價更高，若為愛豆故，兩者皆可拋！

擁有了愛豆關注的我，就等於擁有了全世界！

接受了跟愛豆互關事實的許摘星瞬間沉浸到幸福中，程佑分享了一陣子笑話，又點進互關同學的首頁逛一逛。

現在他們剛開始玩社群，什麼都覺得新鮮，特別是粉絲數和關注數，大家莫名其妙就攀比起來。看看誰關注了你，你又關注了誰。

有些有當段子手潛力的人已經無師自通學會發搞笑合集來吸引粉絲了。

程佑戳進許摘星的首頁看了看，看到她每天都在增長的粉絲數量羨慕得不行：「摘星，妳又漲了一百多個粉絲。嗯？妳的關注也漲了一個，妳關注誰啦？」

她點開關注列表，待看見「岑風」兩個字，驚得眼珠子差點瞪出來了。

還真的有岑風這個人？

「我靠！」她震驚又狂喜地撲向許摘星，「真的有岑風！真的有岑風？靠靠靠靠，還是黃V認證用戶？我看看……中天練習生？我靠！大頭照就是他本人嗎？啊啊啊啊我的天啊好帥啊啊啊啊啊！」

許摘星差點被她搖散架了。

「怎麼認識的？你們到底怎麼認識的！啊啊啊摘星妳不夠朋友，交了個這麼帥的男朋友居然都不跟我說實話！」

許摘星把她推開，拿起數學課本拍她腦袋：「妳給我清醒一點！那不是男朋友！」

程佑興奮地手舞足蹈：「怎麼不是男朋友了？妳不是說了岑風是妳很喜歡很喜歡的人嗎？妳不是還為了他拒絕了周明昱嗎？這是什麼神仙愛情！周明昱輸了！我宣布他輸了！妳

拒絕他是對的！岑風比他帥多了！他是練習生，那他以後要出道吧？天啦嚕，妳交了一個明星男朋友啊！」

許摘星：「……」

在程佑冷靜下來前，她決定不跟她說話了。

於是在這之後，許摘星足足花了兩天的時間，終於讓程佑明白。

那不是男朋友，是愛豆。

程佑也是個追星少女，不過她只是舔顏，誰帥舔誰，雖然明白了，但怪不理解的：「雖然他以後是會出道當明星，可他現在還只是個練習生啊，有什麼好追的？」

許摘星鄙夷地看了她一眼：「養成懂不懂？」

程佑：？

追星還能這樣玩？

算了，不是男朋友一切都不重要了，現在比較能引起她興趣的是另一件事：「摘星！周明昱關注岑風了！」

許摘星：？？？

他媽的，周明昱你要是敢在我愛豆那裡胡言亂語老子殺了你！

她趕緊戳進岑風的首頁看了看，他的動態依舊為零，沒有發過文，那周明昱就算關注了應該也不能亂留言。

剛鬆了一口氣，又反應過來，不對啊！還有私訊這東西啊！

老天保佑，周明昱那個智障可千萬不要傳什麼奇奇怪怪的私訊給她愛豆啊！

中天練習生分部。

岑風結束訓練，搭著毛巾去洗手間，打算沖一下身上的汗。剛轉進走廊，就看見公司空降的藝人高管踩著高跟鞋走了過來。

他下意識想掉頭避開，但對方顯然已經看到了他，躲多半無用，於是目不斜視，繼續往前走。

馬風凱被抓後，練習生分部的藝人主管位子空閒了很久，牛濤本來以為自己能上位，天天去總部刷存在感，結果前不久，公司突然空降主管，還是個大學剛剛畢業的年輕女生。

一開始管理層有點不服氣，主管來公司的第一天就被一名老管理刁難了，結果當天下午，老管理就接到了開除的通知。

後來大家才知道，空降的主管是總部董事會其中一個大股東的女兒，叫溫亭亭。剛從H國回來，本身讀的也是傳媒方面的科系，大學期間就在H國的經紀公司實習過，對韓圈那一套非常熟悉。

練習生制度本身在H國就更為完善，對於摸著石頭過河的中天來說，有著這方面閱歷的溫亭亭算是一個合適的人選。當然主要還是爹強大，隨便一指，就是一個主管職位。

溫亭亭也是有心想好好幹，引進韓圈文化，重新定位偶像。剛來公司任職的第二天，就把全公司所有的練習生聚集到一起，要練習生們一一自我介紹和表演，讓她能最快掌握這些練習生的情況，重新做定位分類。

然後她就看上了岑風。

幾乎是看到岑風的第一眼，她就確信這個男生將來會紅。

她滿心期待地等著岑風的表演，已經開始思考怎麼包裝這個男生。結果岑風只是非常敷衍地動了兩下，就一臉漠然地退了回去，期間連眼神對視都沒給她一個。

在場的練習生哪個不是拚盡全力展示實力，企圖讓她這個新來的主管另眼相看？

溫亭亭差點被氣死，還以為他是故意挑釁自己。一番打聽下來，才知道岑風對誰都這樣，而且本身實力很強，只是他自我放棄，自甘墮落罷了。

大概是人的叛逆心態，岑風越是這樣，她就對他越有興趣。時不時重點關注，單獨談話，軟的硬的都用過了，然而岑風還是一如既往，半個眼神都不給她。

溫亭亭出身富裕，是實打實的富二代，一路被人捧著長大，什麼時候遭受過這種冷落，真是又氣又不甘心。

眼見著岑風一臉漠然從她身邊經過，當即嬌斥道：「岑風，站住！」

他停下腳步，微微側過頭，眼角垂了半分，看上去冷漠又疏遠。

溫亭亭走近兩步，化過妝的五官看上去十分精緻，有種少女初長成時若有似無的嬌媚。她一走近，岑風就捂著鼻子打了個噴嚏。

溫亭亭：？

我不過噴了點甜美的果香，你這是什麼意思？

她咬牙切齒道：「怎麼，我薰到你了？」

一般人這時候都會順著臺階往下，保全彼此的面子，結果岑風面無表情說：「嗯。」

溫亭亭：？？？

她快氣死了，想到岑風就是這個性格，又不能真的跟他動氣，咬了咬唇，哼了一聲才道：「公司幫你們每個人都開了社群，你拿到帳號和密碼了吧？」

岑風說：「拿到了。」

溫亭亭笑了笑，朝他伸手：「手機給我。」

岑風皺了下眉：「做什麼？」

溫亭亭問：「你知道全公司的練習生只有你沒關注我嗎？」

岑風：「不知道。」

溫亭亭氣得跺腳：「所以讓你把手機給我！我幫你點關注，你不知道我的ＩＤ吧？」

岑風冷漠地掃了她一眼，聲音一點都不客氣：「不用，沒興趣。」

話落，拎著毛巾就走了。

溫亭亭被他噎得滿臉通紅，真是恨不得脫下高跟鞋用鞋跟砸在他冷冰冰的後腦勺上。

岑風當然不在乎自己得不得罪高管，一氣之下跟他解約最好。

他擰開水管，埋下頭沖了沖頭上的汗，又打濕毛巾擦了擦手臂後頸，擦到一半，像是想到什麼，將毛巾搭在肩上，掏出口袋裡的手機。

打開社群，點進自己的關注列表，看到「上天摘星星給你」這個ＩＤ跟他已經是互關狀態，冷冰冰的眼神終於柔和了一些。

他點開許摘星的首頁。

——@上天摘星星給你：『活到老，學到老，學到七十不嫌少！』

配圖：各類輔導書。

——@上天摘星星給你：『身為亞洲人，為什麼我們要學英語？因為，語言不能成為我探索這個世界的限制！』

配圖：英語單字本。

——@上天摘星星給你：『吾日三省吾身：今天努力了嗎？成長了嗎？昇華了嗎？』

配圖：一支寫到沒墨的筆。

——@上天摘星星給你：『努力，不只是為了自己！是為了社會的發展，為了全面建成小康社會，為了實現中華民族的偉大復興！生命不息，奮鬥不止！我愛讀書！』

配圖：迎風飄揚的國旗。

岑風：「……」

他是不是關注錯人了？

第十四章　獨舞

七中的同學現在才知道，原來許摘星不僅是一個天才設計師，還是一個如此熱愛讀書的正能量少女。

在首頁一片哈哈哈厲害了中，唯有許摘星，像一股清流，散發著與眾不同的清香。

果然，人家優秀是有道理的。

試問，這樣高尚的覺悟，這樣偉大的夢想，是隨便什麼人都能有的嗎？

你們所有人，都應該為此感到慚愧！

我們所有人，都應該向許摘星同學學習！

對此一無所知的許摘星同學，正興奮地在小號上分享黃色小段子，並附留言：『哈哈哈哈哈哈哈哈哈哈我笑到方圓百里公雞打鳴！』

發黃段子的人：？

然後她的留言被「哈哈哈哈哈」了幾百層樓。

就這麼大號正經小號放飛了一段時間，突然有一天，許摘星發現自己大號上跟愛豆的狀態變成了：已關注。

許摘星：？？？？？

哥哥，我做錯了什麼？你為什麼取關我 QAQ。

難道是我還不夠正能量嗎？嗚嗚嗚……

許摘星哭唧唧戳進愛豆的頁面，發現之前只有兩個的關注現在變成了六十九。點開列表一看，裡面基本都是中天的練習生，以及認證為中天娛樂高管的工作人員。

是公司要求嗎？

許摘星有點悵然若失，不過很快就接受了這個事實，繼續開開心心玩起了社群。沒有了愛豆監督，大號的畫風終於變得正常了一些，開始會分享一些同學@她的小段子小影片，在留言裡跟人鬥嘴說笑了。

岑風拿回自己的手機和帳號時，已經是一個月之後。

溫亭亭從H國回來，見慣了H國那些練習生有多拚命，訓練有多嚴苛，自然而然把這種訓練制度應用到國內，希望能用同樣的方式再造韓流。

於是臨近出道選拔前，又安排了一次練習生集訓。這一次集訓基本是軍訓式全封閉管理，手機電腦等電子設備都不能帶，關在演播廳一遍又一遍地練習表演，一直到正式選拔的前一週才把他們放出來。

回宿舍的巴士上，岑風戴著帽子靠在車窗上睡覺，旁邊的空位子有人坐了下來。

他聞到不喜歡的香水味，帽簷下的眉頭皺了起來。

溫亭亭不說話，他也就假裝不知道，一動也不動靠著車窗，過了好半天，溫亭亭果然忍不住了，嬌斥他：「我說，你其實醒著吧？」

岑風保持原姿勢沒動。

溫亭亭等了一陣子沒動靜，抬手把他的帽子摘掉了，不滿道：「你這個人懂不懂禮貌！我跟你說話呢！」

岑風睜開眼，漆黑的瞳孔泛著冷光：「拿來。」

溫亭亭一愣，把帽子背到身後：「就不！我告訴你啊岑風，你別蹬鼻子上臉，別仗著我看好你就不知好歹！馬上就要選拔了，你到底想不想出道了？」

岑風瞇了瞇眼，下一刻，溫亭亭只感覺自己手臂一痛，岑風已經按住她肩膀，伸手將帽子奪了過來。

她驚怒到聲音都變調了：「你打我！」

岑風淡淡掃了她一眼，面無表情重新將帽子扣在頭上，然後站起來，側身走到前排的空位子坐下。

溫亭亭不可置信地看著他，臉上紅一陣白一陣，氣得胸口上下起伏，半天說不出話來。滿車的人誰都不敢出聲，默默閉上眼假寐。

岑風被攪了這麼一遭，剛才那點睏意都沒了，看了一陣子車外飛掠的街景，收回視線後拿出手機。

信箱除了幾條廣告垃圾短信，沒有別的。

許摘星拿到他的電話號碼後，只傳過兩次訊息給他。

一次是B市暴風雨，她應該是看到了天氣預告，傳簡訊說：『哥哥，暴雨天氣別出門呀，注意安全。』

之後就是入秋，天氣變涼，她傳訊息說：『哥哥，最近氣溫下降了，記得加衣服呀。』

她聽他的話，部落格果然沒再留過言，有了社群之後，也沒有傳過私訊。

岑風點開社群，這才發現自己的關注列表被人改了。多了幾十個莫名其妙的人，少了他關注的那個女孩。

不用想也知道是溫亭亭幹的。

他的眼神冷下來。

退出列表，點開搜尋欄，輸入「上天摘星星給你」。帳號很快跳出來，點進首頁時，岑風發現一個月不見，女孩的畫風終於正常了。

會分享一些搞笑的段子，會發一些搞怪的自拍，會跟互關好友插科打諢，比一個中指再罵「我是你爸爸」。

想了想，大概猜到了她的心態，想要再次點關注的手指，就這麼停了下來。

做個開開心心真真實實的小女孩就好，不必因他的存在而不自在。

他退出社群，將手機放了回去。

✦

一週之後就是出道位的正式選拔。

所有練習生都鉚足了勁，背水一戰，他們早早退學，不用升學考，這一次的選拔對於他們而言，就是升學考。

只有岑風一如既往。

這幾年教導他的老師在選拔前夕都來找他談過話，不求他多麼用心，只求他能拿出真實的實力，認真地完成表演。

他沒有說話，也沒有點頭。

出道位一共九個名額，評委是中天的高層和幾位老牌經紀人，選拔一共三輪，歷經三天，岑風沒有入選。

想要入選不容易，想要不被選上，太容易了。

哪怕他的顏值讓幾個高層眼前一亮，可他在舞臺上的表現太過平庸，不出意外落選。

溫亭亭在門外看著這一幕，氣得摔了手機。

九人新團 F-Fly 成功成團，這裡面有他曾經的隊友，也有他不熟悉的陌生人，但都與他無關。

被放棄，被遺忘，然後被解約，永遠離開這裡，銷聲匿跡於人海中，這就是他所期望的未來。

F-Fly 是中天開啟練習生制度後，推出的第一個偶像男團。無論是前期的宣傳造勢還是後期的包裝計畫，都給了非常好的資源。

各大論壇、社群的預熱已經進行了很久，成員確定之後，先拍了出道宣傳片，九名成員的個人資料和照片影片公布上傳，開始吸納粉絲。

正式出道時間定在元旦。在這之前，成員們會從頭開始磨合，練習，排舞錄歌，而中天則開始運營男團，宣傳造勢，賺足粉絲和熱點。

許摘星看到這個消息的時候，剛結束了模擬考試。

爬牆比搶飯還快的程佑捧著手機興奮地跟她說：「摘星，中天的偶像男團成立了！叫F-Fly！這九個男生都好帥啊！」

什麼 F-Fly？不是 S-Star 嗎？

許摘星趕緊拿出手機，一搜才發現，九個人裡有曾經 S-Star 的成員，也有她不認識的人，就是沒有她愛豆。

中天是瞎了嗎？

她沒想到弄走一個尹暢，最後竟然連 S-Star 這個團都不復存在了。不由得開始自責，難道是因為她的擅自干涉，改變了事件軌跡，才導致愛豆失去了出道位嗎？

可……可她私心卻又覺得，沒有了 S-Star，沒有了那些讓岑風揹黑鍋的隊友，沒有了那個壓榨他的經紀人，這樣挺好的。

那個不僅沒有為他帶來希望，反而將他踩入地獄的團，沒了也挺好的。

許摘星看著中天帳號首頁的男團宣傳影片，暗自下定決心：這個團我們不稀罕！哥哥你等著，我一定送一個更好的出道位給你！

只是但願他不會因此難過……

許摘星想了想，點開通訊錄，糾結了好半天，送出了有史以來第三則簡訊：『哥哥加油！下次你一定可以出道的！最好的都要留在後面壓軸！』

岑風的訊息回得很快，他說：『嗯，妳也加油。』

她滿心歡喜，忍不住想跟他分享：『我剛剛考完模擬考 QVQ，考得還不錯，數學最後一道大題也做出來啦。哥哥今天有開心嗎？』

岑風說：『有。』

許摘星像個小大人：『那要繼續保持昂！』

他說：『好。』

雖然只有一個字，可她就是覺得好暖好暖呀。抱著手機看著聊天記錄傻笑了一陣子，不想再打擾愛豆，滿足地把手機收起來了。

✦

很快就是元旦。

圈內所有的娛樂公司都在關注 F-Fly 的出道熱度。畢竟這算是國內第一個練習生出道的偶像男團，所有人都無法預估它的前景。

韓流雖然席捲了國內娛樂圈，可將韓流的標準模式放在國內藝人身上時，還是否能有同樣的效果呢？

許摘星就算知道當年的 S-Star 糊了，現在也不確定這個新的九人團會不會紅。

F-Fly 的出道首秀在B市一個小型的演藝場館。有了之前中天的造勢宣傳，F-Fly 已經擁有了一批粉絲，首秀門票並不貴，能去的粉絲基本都去了。

首秀採用了直播的形式，中天跟另一家大型影視平臺，也是星辰旗下樂娛影視如今的對手麥田影視合作，面向全網免費直播。

許摘星秉持著知己知彼百戰百勝的觀念，打開了直播網址。能看得出來，中天是用心做了這場首秀的。

但以她的眼光來看，真的很一般，也就是今後那些男團隨隨便便給代言月臺時的水準吧。

而且怎麼說呢，大概是因為初次嘗試這種風格的男團，中天一度模仿韓流，反而有點過了，失去了少年偶像本身的純粹感。

首秀之後，F-Fly 的官方帳號斷斷續續漲了十幾萬粉絲。

你不能說它糊，至少比當年的 S-Star 好很多，起碼許摘星身邊還是有不少同學在追這個團。畢竟九個人呢，什麼類型都有，滿足追星女孩的多種審美。

可你也不能說它紅，因為它的人氣和熱度還比不上國內的幾個純音樂性質的樂隊。

許摘星覺得中天犯了教條主義錯誤，流水線似的銀髮眼線，成員風格趨於一體化，簡單來講就是很難讓人記住每個成員的臉。

而且當下這個時代，對於這種化妝染髮的邪魅性感類男偶像，接受度還是偏低了些。

不過無論如何，F-Fly 的推出，和它緩慢增長的人氣，都向娛樂圈證明了一件事：偶像男團的市場將來會有無限大的可能。

中天是第一個吃螃蟹的人，雖然沒吃到肉，但你不能說螃蟹不好吃。

一時之間，圈內的娛樂公司都開始蠢蠢欲動，準備向練習生這塊還很大的蛋糕動手。

許摘星敏銳地發現，將來大肆流行的粉圈文化和愛豆模式，可能要提前了。

她火急火燎打電話給許延：「哥，辰星的練習生訓練得怎麼樣了？你看中天那個團的首秀了嗎，比起他們怎麼樣？」

許延笑了笑：『妳說 F-Fly？看了，這個團相對來講已經較為成熟，我們的練習生暫時還比不上。』

許摘星：「……」

這麼辣雞都比不上，那我們豈不是更辣雞？

開始為辰星的未來感到深深的擔憂。

時間是最公平的。誰的練習時間長，誰就更具實力。中天的練習生模式已經推行了好幾年，辰星比不上，也是正常的。

而且現在辰星的重點也不在這上面，主要還是繼續擴大公司的名氣和規模，朝著做大做強的目標前進。

許摘星捋清這個方向就釋懷了，將心思收了回來，繼續投到課業上。

過年的時候，許延回了一趟S市，跟許摘星一家吃了個團年飯。

許延母親在國外，這幾十年早就習慣了國外的生活，都是過耶誕節，國內的年對於她而言意義不大。許母熱心腸，考慮到這一點，早早就跟許延打招呼，讓他到家裡來吃團圓飯。

許摘星跟他快半年沒見，憋了一肚子的話，吃完飯，趁著許父許母看節目的空檔，把許延叫到房間去問公司的情況。

許延簡單地跟她說了一下，辰星現在勢頭正好，無論是旗下藝人還是資源都欣欣向榮，許多新人願意簽辰星，知道這公司人性化，對藝人好，而且定位包裝非常準確，基本是一推一個準。就連有些合約到期的明星，都有跟辰星合作的意向。

這兩年參與的投資也都回報頗厚，簡而言之賺了挺多錢，許摘星曾經想要的整棟大樓，已經被許延買下來了。

最近公司剛擴大了公關部和宣發部，許延對市場的敏感性非常強，都不用許摘星提醒，已經在社群上開始運營行銷帳號。這些行銷號涉及到各個行業，包括星座、電影、音樂、八卦、爆料、笑話，看上去都是私人的自娛自樂，但其實背靠辰星，為今後辰星掌握市場話語權鋪好了路。

最後說到趙津津，許延最近在幫她挑選正劇劇本，作轉型之用。

說到這裡，許延頓了頓，嘆氣道：「現在遇到一個問題，我看好一部小說改編劇，但投資風險太大。」

許摘星聽他這麼說倒是蠻感興趣的：「什麼小說？」

許延跟她講了講。這部小說叫《築山河》，在網路上其實並不算很紅，只是作者的親戚剛好在辰星的版權部工作，他覺得這於雙方都是一個機會，於是把小說引薦給了許延。

小說講述了混戰年代四個國家的角逐。而女主角所在的大晉又有三大家族，這三個家族明爭暗鬥，彼此不和，利益卻又千絲萬縷。

《築山河》的格局非常大，作者在書裡面描寫的權謀部分也十分精彩，許延看完之後還是挺認可這個故事的。不過現在最大的問題就是，市場上沒有過這種類型的電視劇出現，你無法料定它的前景。

影視市場其實非常講究跟風，很多投資者需要確定在這之前已經有過相同類型的劇紅了，才會投資。而網路小說改編電視劇在當下又是非常少見的存在，許延借著幾次投資商飯局有意無意提到這個案子，對方都表示風險太大，不如去投當下正夯的同類型劇。

許延語氣也有點無奈：「我現在也在考慮，是接一個不會出差錯的職場正劇給她，還是冒一冒險，直接買下這部小說的改編權，由辰星來投資製作。」

他話剛說完，就聽見許摘星不無興奮地說：「投啊哥！就投這部劇！沒有投資者沒關係，我們自己投自己拍！這小說寫得這麼好，拍出來肯定會紅的！」

一開始聽到許延說《築山河》她還沒反應過來，直到許延講了講小說的大概情節，許摘星才猛地想起來，這部小說不就是今後深陷抄襲門的那部巨著嗎！

過不了幾年，就會有一部抄襲《築山河》的小說橫空出世，要不然怎麼會說上天不公平，原著沒什麼水花，抄襲它的文卻大紅大紫，緊跟著賣了影視版權，拍成了電視劇，紅遍了全國。

直到電視劇紅了，大家才發現原來它是抄襲，可此時抄襲劇的劇粉、書粉甚至明星粉都已經穩固了，那時候國內的創作環境還十分鬆弛，對於抄襲也沒有之後那麼嚴格，原著作者開始了漫長的維權道路。

官司打了好幾年，原作者殫精竭慮，最後也只不過得到了一個輕飄飄的道歉，和一筆根本不對等的賠償款。而抄襲者卻依舊風光。

如果現在能提前把《築山河》拍出來，後面那部抄襲劇不就不會出現了嗎？就算那個抄襲者後來還是照抄不誤，但在《築山河》已經播出的情況下，她一定會提前被發現，被廣大的觀眾朋友捶死！

當年抄襲劇都能紅，沒道理原著紅不了啊！

現在原作者能主動找上辰星，說明冥冥之中自有緣分，既是機會，又是挽救，怎麼可以錯過。

許摘星堅定地拍了拍許延的肩：「哥，我們第一次見面的時候就說過，不要去跟風市場，而是要引領市場。高回報都伴隨著高風險，我很看好這部劇，如果我們能找到一個可靠的製作團隊，我相信結果絕對不會讓人失望！」

許延看了她一陣子，終於笑嘆一聲：「其實我的想法跟妳一樣。」

許摘星瞬間開心了，想了想又說：「這個作者能寫出《築山河》這麼厲害的故事，其他故事應該也不差！哥，一起買下來吧！」

許延：「一起？」

許摘星道：「對啊！打包買，便宜嘛！而且作者也賺得更多，不光是她的，其實現在市場面比較紅品質好的小說我們都可以買下來，囤積ＩＰ，今後不管是自己投資拍攝，還是轉手賣出版權，都不會虧的！」

許延倒是第一次聽說囤積ＩＰ這個說法，若有所思地想了一下子，點頭道：「嗯，我回去考察一下。」

許摘星曾經不明真相也看過那部抄襲劇，知道它的男女主角人設和大概劇情，現在既然定下來要投拍這部劇，女主角是趙津津沒跑了，但男主角選誰比較合適呢？

她想了想，眼睛一亮，跟許延說：「辰星跟蘇野有過合作嗎？」

許延一愣：「蘇野？沒有，這種咖位還是太高了點，辰星暫時夠不著。」

許摘星說：「不要妄自菲薄嘛！哥，你去跟蘇野磨下來，讓他出演男主角啊！他的形象特別合適《築山河》的男主角！」

許延無奈：「一線小生哪那麼好磨，而且我聽說他有轉型大銀幕的想法，應該不會再接電視劇了。」

蘇野眼光挑，電影劇本一挑就是兩年，距離他演第一部電影還有幾年呢。

許摘星拽他的袖子：「我們這部劇也很厲害啊，很有深度和厚度好不好！好演員不會錯過好劇本的，你去找他試試看，說不定他看到劇本和角色就同意了呢？」

在摸著石頭過河的情況下，如果蘇野能出演，的確也是一種保障。

許延略一思忖，點頭笑道：「行，我試試。」

許摘星在心裡默默說，趙津津，這可都是為了圓妳的追星夢，要真成了，妳可要好好感謝我啊。

她本來還想再跟許延聊聊綜藝的事，結果許母上樓來，一進門就吼她：「妳這孩子，大過年的不讓哥哥好好休息，問東問西的，還不下來！我烤了餅乾和蛋糕，許延啊，一起下來吃。」

兩人這才下樓。

電視上節目還播著，接近淩晨十二點，屋外漸漸有放煙花的聲音。這個時候城市對煙花爆竹的管制還不嚴，許摘星吃完小餅乾，拖著許延出門去放煙花。

社區外面已經有不少人，多是父母帶著小朋友出來玩煙火棒，一家人其樂融融，也有成雙成對的，說笑玩鬧，大年三十，最是闔家團圓。

許摘星玩著玩著，突然難過起來。

愛豆應該從來沒有過過一個像樣的年。

幼時不幸，年少孤獨，如今孤身一人遠在千里之外，他身邊，大概連個說話的人都沒有。

許摘星一想到這些，簡直連喉嚨都泛苦，她把剩下的煙火棒交到許延手上，低聲說：「我睏了。」

許延看了她兩眼，不知道有沒有看出她情緒不對，只點頭道：「睏了就回去吧。」

許摘星轉身走了兩步，又猛地回過頭來，她語氣有點急，聲音卻低又懇切：「哥，我們一定要把辰星做起來，我們一定要站上最高的山峰，要成為最厲害的那一個。」

許延看著她微微泛紅的眼睛，笑了一下：「當然。」

回到家，許摘星跟還在看節目的父母打了個招呼就上樓睡覺了。洗漱完畢躺在床上時，時針剛剛指向十二點。

她關了燈，屋子裡黑漆漆的，只有手機螢幕泛出幽幽的光。

屋外爆竹聲四起，因隔著窗戶，透進悶悶的炸裂聲。

她盯著通訊裡那個從未撥出過的電話，幾次退出，又幾次點進，最後還是深吸一口氣，微微咬住牙根，撥了電話過去。

嘟嘟兩聲之後，她聽到愛豆低沉的聲音：『喂。』

眼眶一下子好酸好酸。

許摘星抬手緊緊捂住眼，嘴角卻彎起來，嗓音歡喜又溫柔：「哥哥，是我，新年快樂呀。」

他笑了一下，聲音柔和：『新年快樂。』

有眼淚流進指縫。

她雀躍地說：「哥哥，你看過年節目了嗎？吃餃子了嗎？放煙花了嗎？」

那頭很安靜，連他的呼吸都能聽清，他淺聲回答她：『沒有看，在看機器人比賽的影片。城市管制不許放煙花，吃了餃子。』

許摘星用手掌捂住聽筒，吸了吸鼻涕，才又重新放到耳邊，「餃子是什麼餡的？好吃嗎？」

岑風說：『香菇餡，還不錯。』

她又問了幾句，他都一一回答。
好似這是一通尋常的聊家常的電話。
屋外的爆竹聲漸漸小了下來，許摘星朝外看了一眼。
夜色裡還有未燃盡的焰火。
她用手背胡亂在臉上擦了兩下，努力讓聲音輕快：「哥哥，新的一年，希望你能天天開心，事事順心，身體健康，一切都好！」
那頭沉默了幾秒，然後笑起來。
他說：『好，我努力。』

許摘星高中生涯的最後一個的寒假只放了十天，又投入到緊急備戰升學考的學習中。身邊同學都是一副嚴陣以待又焦慮不堪的模樣，只有許摘星穩如老狗。
甚至靈光一閃，想起了當年升學考國文的作文題目……
不過她也沒做多餘的事情，這種影響到上萬人命運的大事不能隨便插手，一切都要順其自然。

許延回B市之後，就約了《築山河》的作者風夷見面。風夷雖然才二十多歲，但待人處事已經較為穩重成熟，跟許延談過之後，略一思考，就答應了他打包賣出自己所有作品版權的提議。

許延又參照許摘星的建議，一番考察之後確定她說的囤積ＩＰ是可行的，跟公司高管幾次開會商議之後成立了ＩＰ運營部，開始正式投入運作。

拿到了《築山河》的版權，由作者和業內另一位著名的編劇聯合改編。有了原作者對於原著的心得理解和專業編劇的從旁協助，劇本出的很快，剛剛入夏，許摘星就聽說許延拿著劇本去找蘇野了。

足足磨了一週，蘇野看在辰星許總天天登門拜訪的誠意上才同意看劇本一眼。

這一看，自然就跑不掉了。

許摘星說得對，沒有好演員會拒絕好劇本。

蘇野很快來辰星簽了合約，為了回饋誠意，他是自己開車來的。在這之前，公司的人都不知道男主角定了蘇野，包括趙津津。

她戴著墨鏡握著咖啡喊著「等一下等一下」跑進電梯的時候，蘇野戴著口罩笑容禮貌站在裡面。

趙津津說了聲「謝謝」，一開始還沒認出他來。直到喝兩口咖啡，緩了口氣，才覺得好像哪裡不對。她猛地轉過頭去，看著身後的男人遲疑道：「你長得好像我的偶像哦。」

蘇野說：「妳的偶像是誰？」

趙津津：「蘇……蘇野……」

蘇野笑著把口罩取下來：「那太巧了，我就是。」

趙津津興奮到差點尖叫。

她也不是沒見過蘇野。好幾次大型活動她和蘇野都有出席，不過只是遠遠看上一眼，上前搭話什麼的就更不可能了，只要她敢去，必然會有碰瓷蘇野的新聞出來。

入圈這麼久，當了這麼久的國民初戀，還是第一次近距離接觸蘇野，第一次跟他說話。

趙津津激動得咖啡都差點灑了，抖了半天才想起介紹自己：「你你你……你好，我是趙津津！」

蘇野跟她握了下手，「我知道。」

嗚嗚嗚跟偶像握手了我的天。雖然只是上學時的偶像，現在其實已經淡了很多，可蘇野之後她就再沒喜歡過別的明星，現在看到本人，心頭再次湧上當年迷戀他時的那種澎湃感，一時之間情難自禁，都不知道說什麼了。

助理……沒眼看。

電梯門打開，許延站在外面，看到趙津津一副小迷妹的模樣，還愣了一下。蘇野已經走出電梯，笑著伸手：「許總，又見面了。」

許延笑著跟他握手：「恭候多時。」

兩人往辦公室的方向走，趙津津亦步亦趨跟在後面，許延轉過頭淡聲問：「妳跟來做什麼？」

趙津津趕緊說：「許總，你們談完正事了能告訴我一聲嗎？我想找蘇野要張合照。」

許延：「……」

他頭疼地揮了下手。

沒多久，趙津津就聽說蘇野要出演《築山河》的男主角的消息，她嗷一聲，幸福到差點暈過去了。

圓夢了。

她這輩子死而無憾了。

沒多久許摘星就趁著下課休息的空檔打了個電話過來，一接通就道：『見到我送妳的驚喜了沒？』

趙津津嚶嚶嚶了半天：「大小姐，妳對我太好了！以後我當牛做馬報答妳！」

『哦，那倒也不用。』許摘星說：『以後我追星的時候，妳幫我打點掩護就行了。』

趙津津好奇道：「妳追誰？妳不是不追星嗎？這圈子裡還有妳看得上的人啊？」

許摘星：『唉，那是妳不懂我。』

趙津津：「……」

蘇野的合約簽下來時，《築山河》的製作團隊基本也搭好了。都是許延親自出面，上至導演下至場記，一個一個去談的。

許延出任了製片人，《築山河》由辰星獨家投拍，其實在同行和公司高管看來，這樣做的風險很大，這麼大的一筆投資，基本是辰星這兩年來最大的案子了。一旦虧損，造成公司破產也不是不可能。

但辰星算是許延的一言堂，他決定要做的事，沒人攔得住。何況這還是他和許摘星共同期望的結果。

入夏之時，《築山河》就官宣了兩位主演，正式開機。

書粉比較少，很多人都不知道這部原著，主要的熱度還是來自演員本身，其中又以蘇野最甚。不愧是自帶熱度流量的一線，《築山河》的 tag 在各大論壇飄了好多天，社群也是首頁隨處可見。

議論更多的還是趙津津的資源實在是太他媽讓人羨慕了啊！

這可是蘇野啊！圈內多少女明星想跟他合作都沒機會，人家眼光挑上天，最近幾次合作的演員都是影后級別。趙津津一個偶像劇出身的國民初戀，她憑什麼？

她背後真的沒有金主嗎？

資源這麼好自然惹人眼紅，一時之間不少猜測趙津津背後金主是誰的文章冒了出來，文章裡說得有板有眼，好像親眼看見趙津津進了人家的房上了人家的床一樣。

辰星養的行銷號這時候就開始發揮作用了。

許摘星剛跟許延打完電話，讓他直接發律師函起訴造謠，殺雞儆猴，掛斷之後打開社群一看，風向已經變了，偏向趙津津究竟擋了誰的路被聯動誣陷。

許摘星翻了一圈，就知道事態控制住了，甚至還幫趙津津虐了一波粉。

她知道自己已經手握一把利劍。

但只要這把劍在她手中，將來就絕不會指向任何一個無辜之人。

拿劍從不是為了殺人，在這個圈子裡，只是為了自保罷了。

趙津津在劇組拍戲拍得如火如荼，許摘星也到了最後的衝刺階段，許母還把她的手機、電腦沒收了，讓她全力以赴升學考。

很快就是盛夏。

考試那兩天，熱了大半個月的天氣降溫不少。許摘星一直都挺平靜的，直到走進考場坐下，聽到考前廣播，老師開始發卷，記憶一下被拉回很多年前的那個夏天。

那個時候，許母已經病重，許父帶著她去國外治療，許摘星一個人留在國內參加升學考。考試的前一晚，許父打電話給她，笑著說醫生已經幫媽媽做了檢查，確定手術可以成功，讓她不必擔心，好好考試。

她其實並不相信，但還是語氣輕鬆地應了。

之後就一直繃著。沒有緊張，沒有焦慮，沒有哭，平靜地考完了四場。最後一科交卷的時候，她坐在座位上，捏著筆，才終於放聲大哭。

第二天，傳來母親手術失敗，已經過世的噩耗。

升學考後的那個暑假，是她人生中最黑暗的時刻。

監考老師的聲音拉回了她的思緒：「拿到卷子先不要動筆，檢查卷面是否有印刷錯誤，聽到鈴聲才可以答題。」

都過去了。

不必回望。

許摘星深吸一口氣，捏著筆，認真地低下頭。

兩天之後，考試完美落幕，她自覺發揮得很穩定，一出校門，許父許母都等在外面，看她笑容滿面地走出來趕緊迎上來：「哎喲我的寶貝，終於結束了，怎麼樣，還不錯吧？」

許摘星豪氣地一揮手：「清華北大不在話下！」

旁邊守在門口的記者恰好聽到這句話，拿著麥克風和攝影機就衝過來了：「這位同學，可以聊一聊嗎？」

嚇得許摘星拉著父母落荒而逃，後怕地拍心口：「以後再也不大庭廣眾的吹牛了……」

一上車，她就向許母伸手：「媽，我的手機呢？」

許母白了她一眼：「妳怎麼等到這個時候的？手機手機，我看妳現在沒了手機就不能活！」

話是這麼說，還是從包裡拿出一款當下最新款的智慧型手機遞過來：「喏，妳爸買給妳的。」

智慧型手機越來越普及了！啊啊啊再過不了多久就會迎來人人大螢幕的時代，追劇、滑社群、打手遊的美好時代很快就要來臨了！

許摘星興奮不已。

電話卡已經插進去，她迫不及待開機，摸摸嶄新的機身和熟悉的液晶屏幕，心裡面美滋滋的。

開機之後，不少廣告垃圾簡訊蹦了出來。

她一眼就看見名為「我崽」的訊息。

許摘星心頭一抖，趕緊打開，簡訊內容只有四個字：『考試加油。』

傳送時間是兩天前。

嗚嗚嗚嗚嗚這是什麼人美心善絕世愛豆，還記得她要升學考，還會傳加油簡訊給她，嗚嗚誰都別攔我我要愛他一輩子。

許摘星內心哭唧唧，當著父母的面不敢放肆，面上一派淡然，手指按得飛快回訊息：『哥哥，考試前手機被沒收了QAQ……在考完啦，謝謝你！』

快下車的時候才收到他的回信：『嗯，恭喜畢業。』

許摘星興奮到爆炸，一時之間血氣上湧，狗膽包天地傳了句：『哥哥，有畢業禮物嗎QAQ。』

過了一子：『想要什麼？』

許摘星：『想看你跳舞！』

愛豆沒回訊息了。

許摘星：『QAQ。』

直到父母帶她去餐廳吃完飯，慶祝完回到家，手機才叮一聲，收到他的訊息：『在社群。」

許摘星愣了一下才反應過來他說的什麼意思，心臟狂跳，迫不及待打開社群。

愛豆開通以後就沒發過貼文的首頁，終於有了第一條動態。

是一段影片。

練習室單人 solo。

許摘星：別救了，我沒了。

第十五章　來我家做客吧

智慧型手機還沒普及，岑風用的還是老款的按鍵手機，像素太低拍不了影片。於是借了訓練室的DV，拍完之後用記憶卡上傳電腦，再傳到社群。

過程有點麻煩，但既然是作為畢業禮物，沒有敷衍的道理。

他已經很久沒有這麼認真地跳過舞，但兩世的練習時長加上當年出道幾年的舞臺表演經驗，依舊讓他輕輕鬆鬆完成一次完美的表演。

許摘星對著影片裡穿黑T恤戴帽子的少年瘋狂舔螢幕。

還是原來的感覺！一模一樣的風格！連習慣性的小動作都一樣！

這才叫表演！這才是實力！中天那個小糊團就應該好好看看她愛豆是怎麼把練習室變成solo舞臺的！

等許摘星把影片翻來覆去看了不下二十遍後，她終於心滿意足地退出來，準備留下自己的第一則留言。

結果打開一看，留言居然已經幾百則了？

『我靠，中天還藏著這麼寶貝的練習生呢？』

『我宣布今天開始我就是他的粉絲了！還追什麼F-Fly，追神仙不好嗎？』

『什麼時候出道什麼時候出道什麼時候出道？』

『啊啊啊啊啊啊啊啊啊太帥了，這個舞蹈F-Fly是不是也跳過？他們跳的那是什麼東西？

這才是原版嗎？』

『@中天娛樂，快點讓這個小帥哥出道！我要花錢！我要追星！』

『@中天娛樂，放著這麼優秀的人不選進團，你們是瞎了嗎？』

『F-Fly但凡是有個這麼厲害的成員，也不至於糊成現在這樣。』

『樓上過分了啊，你誇人就誇人，踩我團做什麼？』

『什麼叫踩？實話實說不行？還有，那不僅是你團，也是我團，現在這半死不活的樣子，我都替他們著急！』

『從來沒想到，我會被一個還沒出道的練習生迷住。我滾回來追國內娛樂圈了。』

『樓上，一起追啊！韓娛追活動太難了TT。岑風快出道！我們和我們的錢包都等你！』

許摘星……我的寶貝藏不住了。

中天的練習生基本都是互關，F-Fly的九位成員也都關注了同期的練習生，粉絲們順藤摸瓜，當然也摸到過岑風這裡。有些人看他照片帥，隨手就關注了。

現在影片被關注他的那幾個粉絲分享，其他追團的粉絲也都就看見了，於是一時間蜂擁而至。

許摘星翻了翻留言，看到都是誇的，心裡面驕傲極了，興奮地加入到留言大軍中去：

『今天也是被神仙迷得神魂顛倒的一天！』

小號剛留言完，許摘星的手機就響了，是程佑打了電話過來，一接通那頭就在瘋狂尖叫：『我的天許摘星妳的愛豆太帥了太帥了！我明白妳了！我懂妳了！這樣的養成我也願意！今後我們就是擁有同一個愛豆的好姐妹了！』

許摘星：「……」

嗚嗚嗚明明是愛豆給她一個人的畢業禮物，為什麼感覺全天下的人都看到了。

突然……有點酸……

可是又想想，這樣的絕美影片怎麼可以自己獨享呢？神仙就該被所有人讚美啊！他天生就該站在舞臺上發光發熱，被所有人仰望啊！

許摘星想通了，舒坦了，美滋滋點開影片準備繼續舔顏，手機一震，愛豆傳了則簡訊過來：『影片儲存了嗎？』

許摘星愣了一下，雖然不知道愛豆為什麼這麼問，不過還是趕緊把影片儲存到手機，然後回他：『存啦！』

再一看社群，影片沒了……

許摘星：「……」

愛豆刪文了！

難道是因為分享留言太多害羞了？我的天他也太可愛了吧！啊這是什麼傲嬌高冷又可愛

的崽崽啊！

許摘星看著儲存到手機的影片，露出了滿足的姨母笑。

岑風的確是因為留言太多才刪文的，但不是因為害羞。

他這個帳號沒多少關注，粉絲幾乎都是公司買的僵屍粉，平時也沒有經營過，沒有想到傳一段影片會引來那麼高的熱度，還@了中天娛樂。

有悖於他的初衷，自然就刪除了事。

可憐中天娛樂官方收到了幾百則@，興致勃勃點開一看，什麼也沒有。

他發文一刪，首頁又變空了，摸過來的網友想留個言都沒地方留，只能紛紛傳私訊，問他為什麼刪文，什麼時候出道。

岑風隨意看了兩眼，退出社群。

現在玩社群的網友當然還沒有賊到看到什麼神仙影片就儲存下來，只能眼睜睜看著影片消失，對著還沒看到的姐妹說：真的！真的很帥！信我！

姐妹：沒圖你說個屁。

唯一一個擁有絕美影片的許摘星，成為了最終的人生贏家。

升學考結束，終於可以好好享受這個曾經沒能享受的暑假。月底的時候，升學考成績就出來了，許摘星考出六百多的高分，全家歡騰。

沒幾天就是她的生日，過完這個生日，她就是十八歲的大女孩了。

許父許母在家幫她辦了個成年party，請了不少同學朋友，許延也來了，還帶來了本應該在劇組拍戲的趙津津。

一個不用再負重前行的十八歲。

她終於再次擁有看得見光明的未來。

唱了生日歌，切了生日蛋糕，許下了十八歲成人的願望。

希望她愛的人一切都好。

希望愛她的人一切都好。

Party一直開到凌晨才散，許摘星讓司機把程佑她們一個個安全送回家，至於周明昱那些皮猴，她也秉承著主人的身分一一送到了社區外。

趙津津第二天還要拍戲，連夜坐飛機離開，許延送她去機場。

回到家的時候，保姆阿姨和許母在收拾客廳，許父站在二樓的樓梯上，看她進來，笑著朝她招招手：「摘星啊，到書房來。」

許摘星邁著歡樂的腳步跑上樓，進書房的時候，許父坐在電腦前，一臉欣慰地看著螢幕。她走過去看了看，電腦螢幕上顯示的是跟辰星相關的新聞。

許摘星好奇道：「爸，你看什麼呢？」

許父慢悠悠看了她一眼，嘖了嘖才說：「看我女兒的成就。」

吙！

許摘星嚇一跳。

許父看著她的表情，噗哧一聲笑了，搖了搖頭：「許延都跟我說了。辰星，是妳和他共同努力的成果。唉，想不到啊，我許志勇平凡了一輩子，卻生了個這麼厲害的女兒。」

許摘星怪嫌棄的：「爸，你說什麼呢，你哪平凡了？你這都叫平凡的話，還讓不讓人家普通老百姓活了？人要知足！知足常樂你懂不懂？」

許父被她教育一通，笑個不停，笑完了，從抽屜裡拿了一份文件出來，遞到她手邊，神神祕祕道：「諾，爸爸幫妳準備的成年禮物，看看喜不喜歡。」

許摘星好奇地接過文件，一翻，頓時愣在原地。

是辰星的股份轉讓合約。

許父把他在辰星百分之五十一的股份，轉讓給了許摘星。換而言之，許摘星現在是辰星的老大，持最高股份的董事長，比許延還厲害。

難怪這一晚上大家都送她禮物，她爸卻一點表示都沒有，原來在這等著呢！

許摘星一時之間心情複雜，翻湧上無數種情緒，半天說不出話。

許父感嘆地摸摸她的頭：「許延說，妳有一個創造娛樂帝國的夢，爸爸人笨，只能建建房子啊，搞搞傳媒啊。妳想要的那個夢，要靠妳自己去造，爸爸只能送妳到這裡了。」

話音剛落，寶貝女兒就嗚咽一聲撲到他懷裡。

許父也紅了眼眶，拍著她的背，說不出話來。

過了一陣子，聽到許摘星哽咽著說：「爸，只會建房子搞傳媒這種話，你當著我的面說說就算了，可千萬別拿出去說。你建的房子現在地皮漲了五倍，你搞的傳媒現在是國內流量第一的影視平臺，你再這麼說，會被人打的。」

許父：「……」

許摘星在父親肩上蹭蹭眼淚，聞著父親身上令人安心的熟悉味道，那個記憶中躺在床上大小便失禁的父親形象，已經漸漸模糊。

她抱著許父的臉，在他粗糙的臉頰啄了一口：「爸，你真好，我愛你！」

東方的父母總是不習慣這種直白表達愛意的親昵，一臉嫌棄地把許摘星扒開：「嗨，這丫頭，淨會說甜言蜜語。好了好了，回去睡覺。剩下的事我都跟許延交接好了，妳要去B市上大學，在那邊打理公司也方便，去吧，爸爸永遠是妳的後盾。」

許摘星開心地點點頭，抱著文件回了房間。

正躺在床上看合約，許延的電話打了過來，一接通就笑吟吟道：『許董，拿到股份轉讓文件了吧？』

許摘星還怪不好意思的：「拿到了，欸哥，你別這麼叫，不習慣。」

許延：『多聽聽就習慣了。』

許摘星：「……」

許延逗完她心情不錯，笑問：『什麼時候來B市？』

許摘星說：「等通知書到吧。」

她申請了B市的傳媒大學，以她的分數，應該是沒問題的。雖然她愛好設計，但畢竟上一世已經學過四年，再來一次當然要嘗試不同的科系。而且將來要運營辰星，學一些專業的知識比較合適。

許延問：『到時候是住校還是在外面住？在外面住的話，我提前幫妳找房子。』

許摘星想了想自己將來幾年要做的事，應該會經常往外面跑，當即道：「你幫我找房子吧，要離公司和學校比較近的。」

許延應了，頓了頓又笑道：『許董，期待和妳一起共建娛樂帝國。』

許摘星：「你再這麼叫我就開除你！」

許延：『呵……』

正式成為辰星的董事長，許摘星覺得自己不能再像以前那樣隨隨便便，只會口頭上提兩句，把所有事情都推給許延了。

自己也要開始付出行動了！

她做的第一個決定就是，去劇組探趙津津的班！

許延得知後：「……其實是妳自己想去玩吧？」

許摘星：「看破不說破，是一個人最大的修養……」

她現在成年了，許母倒也沒攔著管著，只是叮囑她要注意安全，不要胡鬧，要拿出身為董事長該有的穩重來！

許摘星：「……」

這個稱呼太難聽了，真的太難聽了，像在叫一個小老頭。唉，懷念曾經被叫大小姐的日子。多酷啊。

到影視城的時候臨近中午，還是趙津津的助理笑笑來機場接她，先帶她去吃了個飯，放好行李，然後才帶她去片場。

《築山河》是辰星投資的，也就是說，許摘星是現場所有人的老闆。不過沒幾個人知道，只有趙津津知道大小姐現在晉升為許董了。

到片場的時候，男女主角都拍室外戲去了，笑笑問許摘星要不要去，她連連搖頭，這麼熱，她還是在有空調的室內待著吧。

因是古裝權謀劇，室內場景的搭建都十分正規，力求還原真實古代，沒有用那種大紅大紫的鮮豔色調，透著一股厚重質樸的歷史感。

光看這場景，許摘星就知道這劇不會差。

她還是第一次來片場，第一次見識到拍戲，活像個土包子，看什麼都新鮮。笑笑還要整理趙津津下場戲的服裝道具，也沒跟著她，讓她自己去玩了。

總導演在外面拍男女主角的戲，室內當然也不能閒著，副導演也要拍配角們的戲。許摘星蹭過去的時候，類似大堂的屋子裡烏泱泱站了一群年輕美貌的女子，前頭是個衣冠散亂的男人，正補著妝，準備開機。

許摘星正興奮地等著看拍戲，就聽副導演不滿道：「怎麼少了一位美人？」

旁邊執行導演說：「有個演美人的群演今天發燒沒來，只差一個人，沒關係吧？」

副導演怒道：「陳王的十九金釵名滿天下，說是十九個就要有十九個，一個都不能少！你搞十八個人，到時候觀眾發現了，你是打算讓他們罵我數學沒學好嗎！」

許摘星心說：漂亮！我就喜歡這種摳細節的導演！

剛想完，那副導演精爍的一雙眼睛掃過來，抬手就是一指：「妳！就是妳！服化老師，趕快幫她換裝，給妳十分鐘！」

許摘星：？

然後許摘星就被兩個服裝師架走了。

許摘星慌了：「欸不是，我不是群演！我只是來隨便看看的，我不會演戲！欸你們別……」

副導演比導演還凶，兩個服化師哪敢不聽，一邊上手一邊勸她：「沒事沒事，這場戲不需要演技，長得好看就行了。這可是大製作，上鏡不虧！等等還給薪水發便當呢！妳別動，演好了幫妳加雞腿昂。」

許摘星：「……」

算了算了，自己投資的戲自己上，還可以節約一筆群演費……

等許摘星換好宮裝被服化師急急忙忙帶出來的時候，周圍人都眼前一亮，紛紛議論：「這個小女生好漂亮！她哪來的，你們誰認識嗎？」

脫下學生服，放下馬尾，綰上古代的髮髻，眉心點一粒朱砂，女孩明眸皓齒，顧盼生輝，活脫脫就是沉迷美色的昏庸陳王滿天下搜集的美人模樣。

副導演滿意極了，指著中間的位置說：「去，去那站著，演過戲嗎？」

許摘星手足無措：「沒有。」

副導演大手一揮：「沒演過沒關係！來，妳聽我說，等一下啊，妳就這麼跪著，他的劍呢，會架到妳的脖子上，有人要殺妳，妳會害怕，對不對？妳就做出一副害怕的樣子，發抖就行了！」

副導演剛說完，旁邊另一個美人頓時大叫道：「不對啊導演！剛才不是說好了我演被殺的那個美人嗎？」

副導演不滿地看了她一眼：「瞎嚷嚷什麼，妳長得有人家好看嗎？陳王殺的是十九金釵裡最美的美人，妳是嗎？」

美人群演：「……」

許摘星：「……」

怎麼了，我還搶戲了？

她抱歉地朝那美人笑了一下，美人哼了一聲別過頭去。副導演把演陳王的男演員叫過來，讓他提劍架在她脖子上，她的腦袋應該扭多少度，眼睛應該往哪看，臉上應該是什麼表情，都一一跟她講了。

好在這角色沒臺詞，許摘星勉強應付了。

隨著一聲「Action」，十九個美人瑟瑟發抖跪在堂前，滿臉癲狂的陳王拖著劍走過，劍尖滑過地面，發出刺啦的聲響。

許摘星最受不了這種聲音，牙齒都酸了，忍不住打了個寒顫。這個細節被副導演捕捉到，覺得她的表現很到位！

只聽陳王瘋瘋癲癲笑道：「讓孤好好瞧瞧，哪位美人有幸，能陪孤去黃泉走一遭啊？」

他抬起劍，架在許摘星脖子上。

許摘星持續發抖，只聽他陰聲道：「抬頭。」

她照著剛才導演教她的動作慢慢抬頭，心裡想著這是自家的戲這是自家的戲！口碑細節不能砸在自己身上！要賠錢的！居然把這場戲接住了，害怕被殺的神情十分到位。

陳王用劍身拍了拍她慘白的小臉：「甚好，甚好……」

然後拽著她頭髮把她拎了起來，一路拖到臺階上。

副導演說：「卡！不錯，再來一次。」

一共拍了三次，許摘星被拽著頭髮拖了三次。

等終於結束的時候，許摘星已經生無可戀了，揉著自己的頭皮從地上爬起來。演陳王那男演員趕緊來扶她，關心道：「沒事吧？」

許摘星趕緊說：「沒事沒事，你演得真好！」

把那種亡國之君的窮途末路表現得淋漓盡致，把她都帶進去了。要不然她也不會那麼快入戲。男演員羞赧地笑了笑。

這場戲結束就沒美人們什麼事了，快到午飯時間，場記來發便當，不知是誰拉了許摘星一把：「走啊，去吃飯。」

然後她就莫名其妙穿著戲服坐在臺階上跟著一群群演吃起了便當。

看得出來她年紀小，長得又漂亮，今天隨便一眼就被導演看中，說不定將來大有可為，周圍的人都趕緊抱大腿。

一個說：「我跑了好幾年龍套了，看人特準，妳肯定會紅的！」

另一個說：「對對對，這個劇組不行，雖然是大製作，但是對演技要求高，妳去隔壁那個劇組，那個導演只看顏值，妳去了說不定就被他看上了！」

又說：「以後紅了，可別忘了提攜我們啊！大家可是一起吃過便當的交情！」

許摘星捧著便當內心感慨萬千，還是認真地跟他們解釋：「你們誤會了，我不是演員，以後也不會拍戲的，今天只是湊巧。」

她話剛落，後面就有人嘲諷道：「喲，瞧這話說的，不當演員，妳搶什麼戲啊？得了便宜還賣乖呢，什麼德行。」

許摘星轉頭一看，原來是剛才那個被她搶了戲的美人。

本來屬於她的戲份被自己搶了，許摘星其實心裡也挺過意不去的，就不打算跟她計較了，只笑了笑沒說話。

結果那美人以為她好欺負，她在影視城跑了幾年的龍套，認識的人也多，看許摘星就像看個入侵者，當即就有人接收到她的眼神，用腳尖踢了許摘星的手肘一腳。

許摘星還端著便當呢，沒注意被一腳踢到，便當飛出去，砸在前面演侍衛的那一排群演身上。

侍衛唰一下站起來，轉身怒道：「誰他媽用便當砸我？」

許摘星：「……」

她撣撣手背上的飯粒，轉身，看著身後幾個人，冷聲問：「剛才誰踢我？」

幾個人對視一眼，覺得她孤身一個小女生好欺負，耀武揚威的：「我踢的，怎麼……」

話還沒說完，許摘星飛起一腳踢在她同樣的位置。

那群演尖叫一聲就往後仰，旁邊的人手忙腳亂來扶，一時之間便當亂飛。

場記趕緊過來制止：「都住手！幹什麼呢！」

許摘星早就躥到柱子後面去了，被她踢的那個群演聲淚俱下：「她仗勢欺人！仗著副導演喜歡欺負我們這些小人物！」

許摘星：「喲，妳還知道把個人私怨升級為階級矛盾呢？政治學得挺不錯啊，在哪上的學啊？讓我看看是什麼學校能教出妳這麼個表裡不一拉幫結夥顛倒黑白欺淩弱小的白蓮花來？」

場記：「……」

群演：「……」

許摘星：對不起，我又開大了。

那群演終於反應過來，仗著人多，當即哭鬧道：「你們聽聽，好一張牙尖利齒的嘴！我們是沒名氣、沒地位，只是普普通通的龍套群演，可我們也有尊嚴，由不得妳這樣侮辱！」

許摘星：「唉，什麼尊不尊嚴的，妳不就是生氣我搶了妳的戲嗎？這樣……」

她故意頓了一下。

所有人都等著她的下文。

許摘星繼續笑吟吟說：「等一下我就讓導演把劇裡妳所有打醬油的戲份都刪了，不僅這場戲沒妳了，以前的也沒了，開不開心？」

群演：「……」

群演的好姐妹立刻怒道：「好大的口氣，妳算什麼東西……」

還沒罵完，不遠處傳來本劇的女主角，趙津津同志火急火燎的聲音：「大小姐人呢？」

笑笑找了一圈：「那呢那呢，找到了找到了，大小姐在那呢。」

趙津津戲服還沒換，跑過來一看到許摘星，噗嗤就笑了：「大小姐，妳穿的是什麼啊？」

許摘星憂傷道：「說來話長。」

場記震驚地看了看許摘星，又看向趙津津，驚訝道：「津津，這是……」

趙津津說：「噢，軒哥，你還不認識吧？這是我們辰星的大小姐。」她一頓，拍了下腦門：「不對，現在是許董了。」

許摘星：「再這麼叫就把妳和許延一起開除！」

趙津津：「嚶。」

場記冷汗涔涔。

再看那一堆群演，個個面如土色。

許摘星轉頭笑眯眯問場記：「不管是主演還是群演，人品都很重要，對不對？」

場記：「對對對。」

她指了下剛才合夥欺負她的那幾個群演：「一個都別留。」

場記：「知道了，許董！」

許摘星宛如大反派，趾高氣揚挽著趙津津走了。

趙津津走了幾步才反應過來，氣憤地問她：「大小姐，那些人是不是欺負妳了？」

許摘星深沉道：「倒也沒有，我只是覺得……」

趙津津：「覺得什麼？」

許摘星：「當許董的滋味，太爽了。」

趙津津拉著許摘星回到片場時，副導演還在跟演陳王那個男演員講戲。下午要拍城破他自焚殉國的戲，比較重要。

趙津津喊服化老師：「快把她的妝卸了，還有頭上這些，戴這麼久也不嫌重。」

兩人正往裡走，副導演看見了，趕緊道：「欸欸，幹什麼呢？別卸！下午還要拍呢！小妹妹別慌啊，我又幫妳加了一場戲。」

許摘星：「……」

趙津津樂了：「袁導，你讓我們大小姐給你當群演啊？」

副導演這才知道許摘星的身分，驚嘆了半天。不過他性格直率，對待拍戲一根筋似的投入，只看演員合不合適，才不管什麼身分，當即道：「那我再多幫妳加點戲份吧！古裝扮相這麼好看，不露多可惜。」

許摘星連連擺手：「不了不了不了導演，剛才那是趕鴨子上架，我真的不行！」

副導演見她這麼說，也不好再強求，只能遺憾地把下午加的那場戲又刪了。他回頭招呼剛才講戲的男演員，「來我們繼續說……欸你怎麼出這麼多汗？」

男演員一臉驚恐加呆滯，見許摘星看過來，露出一個比哭還難看的笑：「大……大小姐，妳頭皮還疼嗎？」

許摘星心想，我看上去是那種秋後算帳的人嗎？

她豪氣地拍了拍男演員的肩：「不疼，沒關係，你很敬業，繼續加油啊！」

男演員心跳如擂，這才抹了把汗。

回去的路上趙津津差點笑死了：「大小姐，看不出來妳這麼有天分啊！要不然妳也入圈算了，那到時候想演什麼還不是隨便妳挑！」

許摘星揮揮手：「還是算了吧，我們兩的類型撞了，我不能搶妳飯碗。」

趙津津哈哈大笑。

正笑著，蘇野從化妝間走出來，趙津津嘴一閉聲一收，溫溫柔柔道：「蘇野老師，你換好衣服啦？」

蘇野笑著點點頭，趙津津見他在看許摘星，立即介紹道：「這是我們辰星的大小姐許摘星。大小姐，這是蘇野老師。」

蘇野了然地一挑眉，伸出手來：「小許總，妳好。」

他聽趙津津提過很多次這位大小姐，但不知道大小姐已經晉升為董事長，這麼喊倒是沒出錯。

許摘星心想，好的，我又多了一個稱呼，聽上去比許董年輕，但好像有點浪。

兩人握完了手，蘇野笑著打趣：「小許總這是在體驗演員生活嗎？」

許摘星：「節約群演演出成本，沒辦法只能自己上了。」

這下輪到蘇野哈哈大笑，對趙津津說：「你們兩位許總都很有趣。」

三人寒暄了幾句，蘇野就走了。

兩人進了化妝間，許摘星問：「一邊追星一邊演戲的感覺怎麼樣？」

趙津津雙眼冒小星星：「用妳剛才那句話可以形容，太爽了！」

許摘星：「那妳覺得我哥帥還是蘇野帥？」

趙津津頓時不說話了，一臉為難地站在原地想了半天，最後試探問：「不可以都要嗎？」

差點把許摘星笑死：「我只是問妳誰帥，誰讓妳選了？」

趙津津撇嘴：「那有什麼可比的，除非妳讓我選。」

許摘星：「妳想的倒是很美。」

接下來的一週許摘星都在片場滿場亂竄，哪裡需要幫個忙搭把手她都熱情得很，還幫導演客串了幾回屍體和不露臉的路人。

群眾內心：大小姐人真好，真親切，真熱心。

許摘星內心：節約一點是一點，我能幹的，就別花錢請人了。

之前抱團欺負她的那幾個群演那天之後就沒再出現了，不過許摘星也沒有真的像她說的那樣讓導演刪戲，畢竟為了幾個群演補戲，成本不划算，她只是嚇嚇她們。

片場待久了，也就那個意思，一場戲翻來覆去地拍，她看著都覺得枯燥，一無聊起來，也就待不下去了。

臨走前訂了水果宴和冷飲、零食送到劇組，算是老闆的犒勞。

大家都挺捨不得她的，雖說是大小姐，但畢竟只是個十八歲的小女生，可可愛愛，惹人喜愛，連帶對辰星的印象都更上一層樓。

離開劇組許摘星又跑去市區玩了一圈，可天氣實在太熱，第二天就打道回府了。

八月份的時候，許摘星收到了傳媒大學寄來的錄取通知書。

女兒頭一次離家，要去千里之外的地方上學，而且這一去，基本就等同於離開S市，今後都要在B市發展了。

許父許母嘴上不說，但心裡都挺難受的。可也知道，該讓孩子飛往高更高遠的地方，她的夢想在那裡。

於是只有晚上睡覺的時候彼此念叨幾句抹抹眼淚，白天當著許摘星的面，還是高高興興的。幫她收拾了行李，她從小到大離不開的東西都裝上，怕她過去了睡那裡的床不習慣，連床單被套都一起裝上了。

許摘星哪能不能明白父母的心情。

她也不阻止，就看著他們把自己的不捨和關心一併裝進行李箱。

最後開心地抱抱他們：「我每年假期都要回來呢，交通這麼方便，你們也隨時可以過來看我呀。」

兩人工作都忙，而且不想送來送去搞得哭哭啼啼的，有許延在那邊安排，也就沒有親自送許摘星去B市，只將她送到機場，看著她過了安檢，許母才趴在許父肩上哭了一陣子。

再一次以大學生的身分踏上這座城市，許摘星感慨良多。

當年她一個人搬著行李箱來B市的時候，也是在學校附近租了房子。因為許父癱瘓需要照料，她打理完一切又回家接許父過來。

而現在許延開著賓士來接她，還帶了一個生活助理給她。

考慮到她要公司學校兩邊跑，又要上課又要上班，做飯家務那些更是沒時間弄，許延直接招了一個全能生活助理給她，權當照顧她的保姆了。

助理姐姐叫尤桃，看上去有些靦腆，但眼神穩重，一看就是少說話多做事的那種人。起先尤桃來公司應聘的是明星助理，是許延看她可靠，才把她留下來，問她願不願意給公司的大小姐當助理。

薪水開得高，尤桃很心動，但又擔心大小姐養尊處優不好相處，直到在電梯裡聽到兩個員工討論大小姐，才知道大家都很喜歡她，於是欣然接受了。

上車之後許摘星聽許延一介紹，禮貌乖巧地跟尤桃打了招呼。許摘星是那種一眼就能看出來家教良好善良懂事的女孩，尤桃親眼所見，這才澈底放下心來。

學校和公司距離不算近，許延只能取中間值，在地段不錯交通方便的位置幫她找了間高檔社區的兩房帶裝潢的房子。

家裡一切都安排好了，尤桃昨天還來打掃了房間，連冰箱裡都放滿了新鮮食物，許摘星直接拎包入住。

尤桃也住這附近不遠，過來很方便。

許延把人送到就回公司了，讓她自己收拾收拾，熟悉熟悉。許摘星一口應下，尤桃要來幫她整理行李鋪床她都不讓，摸摸肚子說：「桃子姐姐我有點餓，妳能幫我煮碗麵嗎？」

尤桃就去煮麵了。

等她來喊大小姐吃飯的時候，臥室已經被大小姐收拾得非常整潔乾淨了，簡直比她這個當保姆的還俐落。

尤桃有種大小姐其實並不是很需要她的感覺。

根本就不是許總口中那個「嬌生慣養沒離過家自理能力不行」的富家千金嘛！

許摘星：我哥抹黑我。

等吃完飯，尤桃又帶她下樓去熟悉周邊的環境，地鐵站、公車站、便利商店、大型商場一一領著她走了一遍，助理服務非常到位。

回家的時候，許摘星在街邊的花店買了一束洋桔梗，帶回家放進了茶几上的白花瓶裡。

大學生的獨居生活就正式開始了。

在新家躺了兩天，許摘星正式到辰星打卡。為了不讓外人有一種「辰星董事長居然是個小屁孩這公司要完」的錯覺和誤解，許摘星晉升為許董的事，只有幾位高層知道。

不過許摘星也不在乎這些身外名，畢竟一個大小姐頭銜就夠她橫著走了。

許延整理了公司這幾年來的財務報表和近期資源匯總，她對財務沒什麼興趣，也對許延足夠信任，隨意瞄了兩眼就扔一旁了。

她還是更關心公司接下來的專案投資和藝人發展。

大概是蝴蝶效應，重生之後很多事已經與前世不同。圈子裡冒出了很多她以前沒聽說過的明星、作品，也少了一些她以前熟悉的人。

投資和決策要更為慎重。

她花了三天的時間來熟悉辰星的業務，最後發現，辰星在影視和音樂這兩塊都蒸蒸日上，唯獨綜藝方面較為弱勢。

公司的藝人好像都沒什麼綜藝天賦，投資的幾個綜藝也沒什麼水花。其實不只辰星，現在整個國內娛樂圈的綜藝節目都不太行，熱門的只有那幾個室內訪談遊戲秀，比起韓綜日綜甚至臺灣綜藝，都稍遜一籌。

許摘星不由得開始思考，現在的網友，最想看什麼樣的綜藝呢？

新媒體高速發展，社群ＳＮＳ剛剛進入人們的視線，曾經的明星就像天上的星星遙不可及又神祕莫測，現在的各類社交平臺卻讓大眾掀開了面紗一角。

他們一定很好奇，明星的生活，跟自己有什麼不同。

許摘星拿著策劃去找許延：「哥，我們做一個明星室內綜藝吧！」

許延剛開完視訊會議，還在看會議筆記，抬頭捏了捏鼻樑，「什麼室內綜藝？」

許摘星把整理精華的策劃書遞過去：「很簡單，找一群明星，今天你去我家串門，明天我去你家串門，但串門和被串的雙方都不知道彼此是誰，綜藝名字我都想好了，就叫《來我家做客吧》！」

許延一聽就明白她的意思了。

他不由得打量了她好一陣子，才感嘆：「妳腦子裡到底裝了什麼？」

「哦，這個問題我爸也問過我。」許摘星平靜道：「不瞞你說，裝了宇宙。」

第十六章　大學生活

許延作為對娛樂圈熱點十分敏銳的大佬，很明白許摘星策劃的這個綜藝亮點在哪裡。無非就是揭開明星高高在上的神祕面紗，開誠布公給普通人看。看，這是我們住的房子，我們的裝潢，我們不演電視不上舞臺時，私下生活是這樣的。對於曾經只能在影視綜藝裡看表演的平凡普通人來說，真實的明星生活對他們無疑有巨大的吸引力。

而彼此不知身分，又增加的綜藝的趣味性和驚喜性。

現在的綜藝相對於影視和音樂來說並不賺錢，因為幾大熱門綜藝早已穩固，想要利用創新打進綜藝市場，並不是件容易的事，風險太大，吃力不討好。

之前策劃部也提交過幾部綜藝策劃，但都被他 pass 掉了，而現在 A4 紙上區區幾百字的策劃，卻讓許延看見了未來。

他當即放下會議資料，打電話讓助理聯絡高管開會。

許摘星已經習慣他果斷的做事風格了，自己又回電腦前詳細整理一下策劃，然後跟著許延一起去辦公室開會。

高管們雖然都接受了自家董事長是個十八歲小女孩的事實，但這在他們看來只能是家族企業的控權，再怎麼也要等大小姐大學畢業再談接受公司業務的事吧？

見許摘星氣定神閒坐到許延身邊，面面相覷，都是一副震驚眼神。

許延說：「臨時找你們開會，是因為剛才摘星策劃了一檔綜藝，想聽聽你們的意見。」

其中一位高管立刻驚訝道：「許董策劃的？」

許延點點頭：「她一個人的想法，現在讓她跟大家講一講。」

許摘星前世經常開會，對著ＰＰＴ講策劃案是常有的事，也不怯場。沒來得及做ＰＰＴ，就把策劃書一人影印一份發下去，清清嗓子講了起來。

一開始大家還是有點不敢相信的樣子，但聽著聽著，神色逐漸嚴肅。

在場誰都不是草包，能通過許延的考核坐上高管的位子，哪個不是厲害角色。看向許摘星的眼神也終於從不信任變得認真了。

許摘星現在也只有大概的方向，具體細化還要再商議，講完之後問在場的人：「你們覺得怎麼樣？」

「可行！」

「不錯！」

「許董年紀輕輕，真是讓人意想不到啊。」

一致好評，許摘星滿意地笑了。

許延也笑起來：「既然如此，那這個綜藝策劃就定下來了。」他看向許摘星，「我撥一組人給妳，儘快把完整的策劃案做出來。」

許摘星豪情壯志一點頭：「行！」

她知道自己年紀小，雖然位高權重，早早就坐上了董事長的位子，但大家寬待她，並不是因為認可她的實力，而是長輩對於晚輩的寬容喜愛，以及對於權勢的尊重。

她需要做出幾單漂亮的成績，才能真正獲得員工的認可，讓他們心甘情願在她手下做事。很多時候，員工的忠心，都取決於領導人的能力。

距離開學還有一段時間，許摘星乾脆就駐紮在公司，朝九晚五按時打卡上班，彷彿又回到了從前拚命賺錢的日子。

被分到這個小組的員工一開始還想著大小姐年紀小玩心重，他們跟著她做事，應該比較輕鬆，沒想到成了全公司加班最多事情最忙的小組。

紛紛在內心感嘆，不愧是將來要繼承公司的人啊，這麼小就這麼拚，再看看自己，還有什麼臉不努力！

於是整個小組都跟打了雞血一樣，在許摘星的帶領下，一檔嶄新的綜藝策劃很快就完整出爐了。

交給許延之後，又是一番開會討論，收集意見修改細節，臨近開學前兩天，策劃案終於落定。

接著就是擬邀明星，這個不在許摘星的能力範疇內，只是給了些意見，比如既要有流量型偶像，也要有實力派藝人，有演員，也要有歌手，有單身，也要有夫妻。交叉串門，身分差異越大，越是意想不到，就越有看點。

交代完了，回家補覺。

當了幾年的高中生，突然恢復社畜生活，身體居然有點受不了。尤桃炒好菜端上桌，裝了一碗米飯給許摘星：「大小姐妳多吃點，都瘦了。」

許摘星：「什麼？我瘦了！真的嗎？」

女生永遠走在減肥的路上。

她趕緊跑到體重機上去秤了秤，一看數字，果然瘦了，足足兩公斤呢！

許摘星開心慘了，拿過手機拍了張照，上傳社群，明明高興到都快笑出花了，社群上還要假裝遺憾地說：『唉，我瘦了。』

配圖：體重數字和一雙穿著粉色襪子的小腳腳。

程佑她們果然很快在下面留言：『啊啊啊啊啊羨慕嫉妒恨！為什麼同樣是放假，我們都胖了，妳卻瘦了？』

許摘星回了個委屈兮兮噘嘴的表情：『暑假工作太累了。』

程佑：『啊，這麼可憐啊？那妳趕緊去吃點大餐，我聽說B市好多好吃的呢！爭取早日把妳的嬰兒肥吃回來！』

許摘星：『……互刪吧。』

她炫耀完了，繼續坐回去吃飯，尤桃不停地夾菜給她，還說：「大小姐，妳還是臉上有點肉好看，現在都快變瓜子臉了。」

許摘星：……

瓜子臉難道不好看嗎？

尤桃不停地夾菜給她，一頓飯差點被把她脹死，最後吃飽喝足的許摘星揉著圓滾滾的肚子站在陽臺消了一下食，就滾回床上睡覺了。

臥室的遮光窗簾一拉，整個房間都暗下來，像黑夜一樣催人入眠。尤桃洗完了碗，收拾好房間，輕手輕腳地離開了。

許摘星一覺睡到傍晚，睜眼的時候，分不清白天還是黑夜。

她迷迷糊糊摸過手機看了一眼，昂，晚上七點半了。

該起來吃個晚飯了。

嗯？不對？怎麼有個來自「我崽」的未接來電？

我靠？

我崽！

許摘星瞬間清醒，瞌睡全無，一個鯉魚打挺從床上翻起來，頂著雞窩頭，瞪大眼睛看著手機螢幕上的那個未接來電，手都在哆嗦。

嗚嗚嗚嗚嗚我竟然錯過了愛豆的電話！

彷彿錯過了一個億！

她哭唧唧半天，拿過床頭的水杯喝了一口，潤潤嗓子，乾咳兩聲，然後深吸一口氣，重撥回去。

幾聲聲響後，電話通了，不等那頭開口，她立即道：「哥哥！我下午睡著了，剛剛醒！」

因隔著聽筒，他的聲音有幾分失真：『嗯，吃飯了嗎？』

好久沒有聽到愛豆的聲音，許摘星激動地咬小拳頭，但語氣還是穩住了，輕快道：「午飯吃過啦，晚飯還沒有，這就起床去吃！哥哥你呢？」

岑風說：『我也還沒。』

他語氣平靜：『一起吧。』

許摘星：？？？！！！

我聽到了什麼？？

我是不是聽錯了？？

愛豆約我一起吃晚飯？？？

我死了，我沒了，我給大家表演一個原地升天。

那頭半天沒等到她的回答，嗓音略顯得沉：『沒時間嗎？』

許摘星終於清醒過來，狂點頭：「有有有有有！哥哥我有時間！我什麼都沒有，就時間最多了！吃什麼，在哪吃，你說！」

我今天要為愛豆敞開了花錢！

岑風笑了一下：『挑妳喜歡的，我都可以。』

許摘星曾經在B市生活了這麼多年，當然對這裡很熟悉，既然是和愛豆吃飯，那必須是高級五星級餐廳才配得上，略一思忖，就說了一個老字號高級私廚。

岑風說：『好，等等見。』

許摘星已經被蜜糖甜得暈頭轉向了：「哥哥等等見！」

掛了電話，漆黑的房間一下子安靜下來，她暈乎乎傻坐了一下，猛地抬手拍了一下自己腦門。

不是做夢吧？

趕緊翻出通訊記錄看一看。

啊啊啊不是做夢是真的！是真的要跟愛豆共進晚餐了！

許摘星趕緊爬起來梳洗，還好今早回家的時候洗了澡洗了頭，現在只要綁一個乖乖的馬尾，換一身漂亮的衣服，就可以出門了！

一直到出門叫了計程車，開始往餐廳去了，許摘星才反應過來，愛豆是怎麼知道她在B市的？

她來了B市之後，不是沒想過去找他。

哪有粉絲不想見愛豆的，恨不得時時刻刻都能看見他才好。

可粉絲之於愛豆，要保持分寸感，她不能仗著自己的優勢，就越過那條線。

有多想念，就有多克制。

可此刻，這思念像潮水，從五臟六腑噴薄而出，將她席捲包裹。

恨不得下一秒就見到他。

老字號私廚地處市中心，許摘星過去比較近，但岑風從中天分部過來比較遠。她只用半個小時就到了目的地，下車之後按捺住激動的心情等在原地。

八月的B市正值酷暑，夜晚也不見涼意，悶悶的熱氣從地面往上，直竄體內。許摘星本來清清爽爽的，被這麼一熱，很快出了一身汗。

可她又不想進去等。

就這麼一直站在樹蔭下，忍著悶熱和蚊蟲叮咬，半小時之後，岑風從計程車上下來。

人來人往中，她一眼就看到他。

無論他穿什麼衣服，戴什麼帽子，身處什麼位置，他在她眼裡，永遠像發著光一樣醒目。

許摘星小跑著迎上去，因為激動，聲音有微微的喘：「哥哥！」

岑風微微抬頭，露出帽簷下深邃的一雙眼。看見她大汗淋漓卻笑顏逐開的模樣，皺了皺眉：「怎麼不進去等？」

許摘星笑得像個小傻子：「這裡可以一眼就看到你。」說話時，還半抬起小腿，撓了撓剛才被蚊子叮的大包。

岑風眼裡露出一點無奈的笑意，他說：「走吧。」

許摘星高興地應了一聲，開心地跟在他身邊，一路走一路看，目光都捨不得從他身上移開來。

好久好久不見了，好想他啊。

他今天穿了件白色的T恤，整個人清爽又乾淨，像冬日清晨照進被窩的第一縷陽光，溫暖之下，又有冷意。

餐廳的裝潢很清幽，採用了蘇州園林的設計，在夏日別有一番風雅。

進去之後，一路有侍者引路，將他們帶到一處靠窗的包廂。高檔餐廳的隱私性做得很好，周圍不僅沒有其他客人，連旁邊的人的交談聲都聽不見，只有潺潺流淌的古箏曲子環繞在耳邊。

許摘星埋頭看菜單，整個人卻已經快要燒起來。

她為什麼要選這個地方！感覺好像在幽會啊！

愛豆怎麼想她？會不會認為她居心叵測心思不純？

是火鍋不好涮？還是燒烤不好擼？為什麼要來這裡呢？

許摘星欲哭無淚，正胡思亂想，突然聽到愛豆淡聲問：「選好吃什麼了嗎？」

許摘星一下抬頭，結結巴巴說：「我……我都可以！你選！你點！」

岑風看了她一下，似乎是在確認，看她表情堅決，最終低下頭去，對著服務生說了幾個菜名。

餐廳的燈光帶著暖暖的橘色，細碎投在他淺淡眉眼，驚人的漂亮。

許摘星又開始偷偷摸摸犯花癡，岑風點完菜，抬頭問服務員：「請問有花露水嗎？」

服務員說：「有的。」

他說：「麻煩拿一瓶過來，要止癢的。」

許摘星反應過來他是在幫自己要，小腿上本來已經沒感覺的蚊子包瞬間又火燒火癢起來。可是當著愛豆的面撓癢癢真的好丟臉啊……

不得不說話轉移注意力：「哥哥，你怎麼知道我在B市啊？」

岑風抬眸看了她一眼，答非所問：「是瘦了一些。」

許摘星愣了愣，這才想起自己那則貼文。他不是取關自己了嗎？為什麼還會看見？那不是其他的也看到了？

等等，自己沒開什麼不通往幼稚園的車吧？

不就是分享了一個搞笑影片，說了句「我褲子都脫了你就給我看這個」……嗎？

許摘星：「……」

這難道還不夠嗎！

岑風看她瞬間精彩的神色，大概猜到她在想什麼，唇角掠過一抹笑，又轉瞬隱於默然，淡聲說：「沒有往下翻，其他什麼也沒看到。」

許摘星：「……」

你在哄小朋友嗎？你這麼說，不就是什麼都看到了的意思？

我死了，這次真的別救了。

服務生送到的花露水及時拯救了窒息邊緣的許摘星。她匆忙說了聲謝謝，拿著瓶子彎下身，整個人都快縮到桌子底下去了。

藏起來藏起來，看不到我看不到我。

岑風：「……」

等了好半天，她還縮在下面磨磨蹭蹭地擦花露水，只有一個毛茸茸的頭頂在他視線裡蹭來蹭去，岑風按了下眉心，無奈又好笑：「起來坐好。」

那小腦袋一頓，慢慢往上冒，不情不願地坐起來，垂著眸不敢看他，顫動的長睫毛擋住了總是晶亮的眼睛，小臉一派苦悶。

岑風把倒好的檸檬水推到她面前，淡聲問：「好點了嗎？」

許摘星連忙點頭：「好了好了，一點也不癢了！」

她乾巴巴地轉移話題：「哥哥，你最近還好嗎？訓練累嗎？」

岑風說：「不累。」

她的視線在他臉上掃了幾圈，發現和上次相比確實沒有再瘦了，滿意地點點頭，眼中閃爍著慈母般的光輝：「那就好。」

岑風：「……」

服務生很快開始上菜。

他不知道她的口味，招牌菜裡清淡麻辣的菜式都各點了一份，葷素搭配，還有湯和甜點。

許摘星看著菜一道道上來，眼睛撲閃撲閃的，上一份就往岑風面前推一點，上一份就喊他：「哥哥，吃，快吃！」

岑風對食物沒有什麼熱情，飽腹而已，不過看她期待的眼神，還是依言點頭，一道一道地嚐。

許摘星把有肉的葷菜往他面前推了又推：「哥哥，你吃這個，多吃肉！」

「哥哥，菜也要吃一點，葷素搭配營養均衡！」

「這個湯喝一碗，很有營養的！」

啊我瘋了，這是什麼神仙吃飯，平時棱角分明的臉嚼東西時微微地鼓著，也太可愛了吧！哥哥就算不出道，搞個吃播也一定會紅的！

岑風吃了半天，抬頭看她一副傻樂的表情，握著筷子卻不動筷，淡聲問：「妳不吃嗎？」

許摘星：「我看著你就飽了！」

岑風：？

許摘星：「……」

Hello，許摘星，妳有病嗎？

她恨不得咬斷舌頭：「哥哥，我不是那個意思……」

岑風把堆到自己面前的餐盤推回中間位置，「我知道，吃飯吧。」

許摘星趕緊低頭夾菜，再也不敢說話了。

第一次跟愛豆共進晚餐，就在這略微尷尬和緊張的氣氛中結束了。

別人來這裡吃飯，不僅是吃，還要體驗環境，一頓飯少說也要一個小時。但岑風就只是單純地來這裡吃個飯，看許摘星擱了筷子，問她：「吃飽了嗎？」

許摘星點點頭：「飽了！」

他站起身：「那走吧。」

許摘星趕緊跟上，走到前檯的時候，非常豪情地喊：「老闆，買單！」

收銀員微笑著把帳單遞上：「您好，一共一千三百六十八。」

許摘星掏出信用卡就要結帳，卡還沒摸出來，就被岑風拎到身後去了。他把自己的信用卡遞了過去。

許摘星急了：「哥哥！我買單！讓我來！」

岑風偏頭淡淡掃了她一眼。

秒慫的許摘星：「你來你來你來……」

收銀員正要刷卡，許摘星突然竄上去，手臂扒著前檯問：「姐姐，有優惠嗎？」

收銀員保持微笑：「不好意思，本店沒有優惠哦。」

許摘星：「我有學生證，學生證不是都要打八折嗎？」

收銀員：「……不好意思，學生證也不打折哦。」

許摘星：「那妳也沒開發票給我啊。」

收銀員：「……請問您需要發票嗎？」

許摘星：「不需要，我需要優惠。」

收銀員深吸一口氣，臉上的笑有點僵，頓了頓還是妥協了：「好的，那收您一千三百六您看可以嗎？」

許摘星：「才優惠八塊錢啊，還不夠我吃個霜淇淋。」

收銀員：「……」

岑風一臉無奈地把人拎回來：「別鬧了。」他朝收銀員笑笑，「刷卡吧。」

許摘星怪不開心的，小聲嘟囔：「幾個菜就那麼貴，黑店！下次再也不來了！」

全然忘記剛才是她提出要來這裡吃飯的。

一頓飯花了愛豆這麼多錢，許摘星簡直要心疼死了。寶貝賺錢多不容易啊！早知如此，為何不去街邊吃路邊攤呢！

岑風結完賬，回頭喊悶悶不樂的許摘星：「走吧。」

外頭天色已經大黑，但四處霓虹閃爍，車水馬龍，一派夜生活剛開始的熱鬧景象。許摘星跟在他身後走了幾步，見他沒有叫車離開的意思，趕緊小跑兩步到他身邊，仰著頭問：「哥哥，去哪呀？」

岑風說：「買霜淇淋。」

許摘星眼睛瞬間又亮了，一蹦一跳的：「換我請！這次換我請！」

他偏頭瞟了她一眼，沒同意：「用剛才優惠的那八塊錢。」

許摘星不幹：「不行！那豈不是沒有幫你省到錢！」

岑風忍不住笑了：「誰要妳幫我省錢了？」

那當然要啊！幫愛豆省錢是追星女孩不可推卸的責任！

許摘星也不知道哪來的膽子，居然敢在愛豆面前耍賴：「那我就不吃了！」

岑風：「是怕吃了霜淇淋胖回嬰兒肥嗎？」

許摘星：？

這個愛豆是怎麼回事？

離粉絲的生活遠一點不行嗎！

岑風被她生無可戀的表情逗笑了，跟她在一起時，他好像總是很容易笑。

「好了。」他說，「今天是我叫妳出來的，下次再換妳請。」

啊！還有下次！

許摘星瞬間幸福到找不到方向了。

八塊錢只能買兩個普普通通的甜筒，可當冰奶油在嘴裡融化的時候，她卻覺得這比她在哈根達斯吃的霜淇淋還要美味。

一路啃著霜淇淋走到叫車的位置，岑風先幫她招了計程車，又最後確認一次：「不用我送妳嗎？」

許摘星連連搖頭：「不用不用！時間還早著呢，哥哥你住的比我遠，快回去吧！」

岑風點了下頭，等她戀戀不捨地爬上後座，剛幫她把車門關上，就看見女孩一隻手拿著霜淇淋，一隻手扒著車窗，欲言又止地看著他。

不知道為什麼，看著她那雙含著小小期望的眼睛，他就猜到了她想問什麼。

他示意道：「什麼時候想請客都可以。」

許摘星：！

不瞞您說，明天就想。

心裡雖然是這麼想的，但可不能這麼說。彌足珍貴的一次請客機會，哪能這麼快就用了。今天剛見過面，夠她回味很久，還是等下次想他想到發瘋的時候再用吧。

許摘星忍痛跟愛豆揮揮手：「那，哥哥拜拜，下次見！」

岑風點點頭：「下次見。」

車子開動，許摘星扒著車窗戀戀不捨地揮手，直到車子匯入車流，再也看不見愛豆的身影，才長嘆一聲坐回來。

計程車司機透過後視鏡看了看她，打趣笑道：「小妹妹，這麼捨不得男朋友啊？」

許摘星義正言辭地反駁他：「不是男朋友，大哥你不要亂講。」

計程車司機：「嘿，還害羞。」

許摘星：「……」

算了，你們這些凡人，是不會懂追星女孩的心情的，就讓她獨自沉浸在這份深厚的母子情中吧。

車子開到半路，尤桃打電話給她問她在哪。她買了水果和菜，本來打算等大小姐睡醒了做晚飯給她吃，結果等到這時候都沒音信，去了家裡一看，才發現人不在家。

許摘星啃著霜淇淋：「我在外面吃過晚飯了，等等就回來。妳把水果放冰箱就回家吧。」

尤桃應了，又提醒她：『大小姐妳明天就要去學校報導了，該帶的證件和資料記得提前準備好。』

居然這麼快就要開學了啊。

許摘星這才慢慢恢復大一新生的自覺。

考了跟之前不一樣的傳媒大學，無論是環境和同學老師都不再是曾經那一撥，迎接她的是嶄新的，連她自己也不知道會發生什麼遇到什麼的大學生活。

這麼一想，倒是隱隱期待起來。

第二天許摘星沒有睡懶覺，尤桃買著早飯過來的時候她已經洗漱好了。穿了一身簡單的T恤配牛仔褲，白板鞋雙肩包，馬尾照舊，充滿了青春活力。

尤桃誇她：「大小姐，妳真漂亮。」

許摘星一邊啃煎餅果子一邊說：「妳昨天還說我臉上沒肉不好看。」

尤桃有點不好意思：「我那是為了哄妳多吃飯亂說的，現在也好看。」

她臉上的嬰兒肥其實還沒褪完，但比起之前，五官已經立體了很多，有種吾家有女初長成的嬌俏感，配上她乾淨活力的氣質，十足的元氣美少女。

吃完早飯，尤桃又幫她檢查了該帶的證件和資料，確認無誤，就準備出發去學校了。

許摘星本來還以為是尤桃陪她去，結果下樓到地下車庫的時候才發現許延已經開著他的黑色賓士等在那裡了。

許摘星感動地迎上去：「哥，你送我啊？」

許延瞄了她一眼：「妳爸媽昨晚專門打電話過來交代的，豈敢不從。」他跟尤桃說：「我送她就行，今天讓妳放假。」

尤桃點點頭，把雙肩包遞給許摘星，又幫她關上車門才走。

許延開著車子出地下室，這個時間正是早上尖峰時期，一路堵車，不過他們倒也不著急，畢竟整個上午都可以報到。

許延慢悠悠開著車，跟她聊公司的事：「妳覺得要不要讓津津參加妳那個綜藝？」

「她？」許摘星把手機一收，「她就算了吧。她那性格不適合真人秀，容易招黑。」

現在廣大觀眾看到的多是電視劇裡的趙津津，她飾演的角色大多溫柔善良，漂亮乖巧，平時的採訪訪談也有臺本，基本不會暴露她傻白甜一點就炸的暴躁性格。

一上真人秀絕對完蛋。

國民初戀就要有國民初戀的樣子，可不能讓觀眾心中的夢破碎。

許延笑了一下：「我也是這麼想。」他頓了頓，有點頭疼地無奈道：「可她現在吵著要上這個綜藝。」

許摘星奇了怪了：「她吵著要上你就給她上？哥你以前不是挺有威信的嗎，我怎麼覺得趙津津現在不怎麼怕你了？」

許延：「……」

許摘星痛心疾首：「哥，你變了，你再也不是當年那個心狠手辣雷厲風行的許總了！」

許延：？

許摘星想了想：「這樣吧，你跟她說，如果在綜藝嘉賓名單正式確認下來之前，她能夠保持發脾氣不超過兩次，就讓她上。」

許延偏頭要笑不笑地看了她一眼：「那不就是她這輩子都上不了的意思。」

許摘星攤手：「怪我囉？」

她繼續拿起手機滑社群，滑了一陣了還是開口道：「今後綜藝這塊會發展得越來越好，她也一定會去參加真人秀，趁著現在把她的脾氣改一改，收一收，還來得及。」

等今後國內娛樂圈的真人秀遍地開花時，不想上也要上，明星在綜藝上的一丁點缺點都會被放大，按照趙津津那個一言不合就撕逼的性格，估計會被黑出花來。現在給她個警醒，讓她知道收斂脾氣，總比今後出了問題再挽救好。

許延沒說話，只是贊同地點了點頭。

車子開到學校時，校門口已經人來人往了，來報到的新生都是一臉激動和嚮往，卻又略微緊張和忐忑，而迎接的學姐學長們熱情友好，一派蓬勃朝氣。

許摘星先下了車，讓許延去找停車位，自己站在指示牌前研究報到流程。

她往那一站，微微仰頭，清晨的陽光灑了一身，什麼都不用做就是一道吸睛的風景線，清純又漂亮。說她跟趙津津撞類型是有道理的，都是初戀型，能撩得男生瘋狂心動那種。

那頭接待新生的學長們你爭我搶，誰都不讓，最後只能透過石頭剪刀布來決出資格，一番混戰，系裡出了名的花花公子祁澤最終勝出，一臉得意地朝許摘星走了過去。

他一走，後面的男生紛紛捶胸頓足：「怎麼就讓他贏了！又一個學妹要被渣男禍害了！」

祁澤長得帥，家裡又有錢，籃球還打得好，在學校迷妹能從食堂排到宿舍。哪裡都好，就是渣，換女朋友跟換衣服一樣，偏偏還有不少女生沉迷於他的甜言蜜語和浪蕩的性格。都以為自己是特別的那個，結局不言而喻。

眼見新來的小學妹又要遭受渣男的染指，接待處的男生們哀嚎連連。

祁澤邁著自信的步伐走到許摘星身邊，笑得十分友好又帥氣：「學妹妳好，我是新生接待處的，請問有什麼可以幫妳的嗎？」

許摘星經歷過大學報到，每個學校的流程其實都差不多，略略一看就知道了，轉過頭禮貌地朝他笑了一下：「謝謝，不用。」

這一笑，祁澤覺得自己這次是真的心動了。

雖然他每次都是這麼覺得的。

他很理解小學妹欲拒還迎的害羞，耐心道：「我們學校很大的，幾個辦事處都分布在不同的地方。學妹妳是一個人嗎？還是我帶妳過去吧。妳的行李呢？」

許摘星覺得這位學長過分熱情，終於轉過頭認真地看了看他。

還挺帥的，就是眼裡「我想泡妳」的暗示不要太明顯。

許摘星決定一勞永逸，不能讓周明昱事件再出現在她的大學生涯裡，她抱歉一笑：「不好意思啊學長，你不是我喜歡的類型。」

祁澤：？

居然這麼乾脆的被拒絕了？撩妹人生遭遇第一次滑鐵盧。

後面那群人還看著呢，祁澤有點下不了臺，拿出自己的渣男招牌微笑：「學妹，現在說喜不喜歡的還太早了吧？而且我只是想幫妳拿行李，希望妳不要誤會。」

怎麼？還怪我自作多情了？

許摘星正要說話，停好車的許延不知道什麼時候走了過來，走到祁澤身邊，淡聲問：「誤會什麼？」

祁澤嚇了一跳，轉頭看見眼神不悅的許延，瞬間被他常年身居高位的霸總氣質比下去了。他引以為豪的帥氣突然變得好青澀……

許摘星問：「哥，你停好車啦？」

許延點點頭，往前走了兩步，毫不客氣把蹭在許摘星身邊的祁澤隔遠了，「走吧。」

祁澤：「……」

大哥對我的誤會好像很大。

許摘星朝這位學長禮貌地笑了一下，跟著許延走了。走了沒幾步，就聽見許延不悅地警告她：「以後離這種不懷好意的男生遠一點，陌生男生的搭訕都是有目的的。雖然上大學了，也不要隨隨便便就談戀愛。」

許摘星：「……」

哥，看不出來你還是個妹控呢？

她朝投來一記眼刀的許延豎起三根手指：「無心戀愛，您放心。」

戀什麼愛，是愛豆不好追嗎？

祁澤倒是沒說假話，學校確實大，光是報到流程就跑了一個多小時。等一切手續辦齊，許延又帶著許摘星去找老師申請住校外。

倒是沒費什麼功夫老師就批准了她大學四年不住宿舍的申請，不過要求開學的第一週必須住在宿舍，因為剛開學隨時需要遞交資料辦理登記，住在宿舍會方便一些。

許摘星乖巧點頭同意。

既然要住一週，該買的床上用品生活用品就還是要買，許延感覺自己提前體驗了養女兒的人生，抱著被套拎著水瓶走進女生宿舍時，幾乎所有女生都在看他。

許摘星分到的宿舍在二〇三，進去的時候，另外三個女生都已經在了。

她們來得早，東西都收拾好了，正湊在一堆互相熟悉聊天，突然見到一個大帥哥走進來，一時愣住了。

許摘星跟著走進來，笑瞇瞇地打招呼：「妳們好呀，我是許摘星。」

三個女生趕緊站起來。

長捲髮打扮時髦性格外向的女生叫周悅，柔柔弱弱穿著樸素但五官秀致的女生叫白霏霏，短頭髮英姿颯爽的女生叫辛惠。

看上去都挺好相處的。

幾個人互相介紹認識的時候，許延在幫她鋪床，周悅偷偷摸摸瞟了好幾眼，湊到許摘星耳邊壓低聲音興奮地問：「摘星，妳哥好帥啊！他有女朋友了嗎？」

許摘星覺得事態不妙：「……沒有。」

周悅：「那妳覺得我當妳嫂子怎麼樣？」

許摘星：「……」

姐妹，過分熱情了吧？

周悅當然有開玩笑的成分在，但喜歡帥哥不假，而且許延一看就是那種年紀輕輕事業有成教養良好的優質男性，對於喜歡熟男的女生來說有致命的吸引力。

鋪好了床，許延又幫許摘星把東西歸置好，想到昨晚三嬸長達半個小時的電話和諄諄囑咐，又跟許摘星說：「試試床睡不睡得習慣，不習慣我讓尤桃把妳臥室的被套送過來。」

許摘星趕緊擺手：「不用那麼麻煩，只有一週，隨便躺躺就過去了。」

周悅問：「什麼一週？摘星妳不住宿舍啊？」

許摘星點點頭：「嗯，我事情比較多，在外面找了房子，歡迎妳們隨時來找我玩呀。」

幾個人都有點遺憾，不過也沒再說什麼。

下午要開班會，許延見事情基本都打理好了，叮囑許摘星幾句就離開了學校。

他一走，寢室的氣氛就更加輕鬆，許摘星上輩子也沒體驗過宿舍生活，那時候自卑，連朋友都不怎麼交，現在終於擁有了室友和宿舍，還挺高興的。

四個人又聊了一陣子，許摘星透過聊天發現，周悅跟自己一樣家境良好，而且自來熟，非常外向，什麼話都敢說。辛惠性格爽朗，神經大條，有點像男生。白霏霏是三人中最耐看的，但內向靦腆，而且家境一般，有點怯怯的自卑感。

聊完了天四個人又一起去吃飯，手挽著手當路霸，氣氛這麼愉快，搞得許摘星都有點不想在外面住了。

二〇三的第一次聚餐還在生活廣場的中餐廳裡，周悅還要了一瓶啤酒，一人倒了一杯。正吃得開心，突然有人在旁邊喊：「學妹，又見面了，好巧呀。」

許摘星抬頭一看，是剛才新生接待處的那個帥哥學長。

室友都看著她，也不好說什麼，她笑了笑：「嗯。」

祁澤跟朋友就坐旁邊那桌，他直接拉個凳子在她旁邊坐下，「我叫祁澤，大三廣播主持的，學妹叫什麼名字？哪個科系的？」

許摘星夾了塊糖醋排骨放進嘴裡，慢條斯理道：「學長問這麼多，我又要誤會了哦。」

祁澤被她噎了一下，但還是不失風度地笑道：「之前是我說錯話了，向學妹道歉，作為賠禮，這頓飯我請。」

說完不等許摘星阻攔，直接叫老闆買了單。

付了錢，他一臉紳士的微笑：「可以告訴我妳的名字了嗎？」

許摘星：你演偶像劇呢？

付了頓學生餐廳的飯錢就想要我的名字，這簡直跟帶女主角去美特斯邦威（服飾批發商場）買衣服有異曲同工之妙。

周悅在旁邊看八卦看得實在忍不住，湊過來小聲道：「挺帥的啊，告訴他唄。」

當著這麼多人的面，又是開學的第一天，許摘星不想直接給人難堪，把場面搞得難看，她淡聲道：「我叫許摘星。名字你問到了，希望接下來不要再做讓人誤會的事。」

祁澤一點也不介意她語氣裡的針對，笑得十分溫柔：「摘星學妹，我記住了。」

他起身坐了回去，許摘星繼續吃自己的糖醋排骨，周悅八卦地戳戳她的腰：「開學第一天就有學長搭訕，厲害啊，怎麼認識的？」

許摘星頭也不抬：「你喜歡啊？喜歡去追。」

「那算了。」周悅收回了八卦的心思，「我還是喜歡妳哥那樣的，妳同意我追妳哥嗎？」

許摘星：「……」

今天他們許家的桃花開得真旺。

吃完飯四個人又去逛了逛生活超市和小商店街，校園裡到處都是新生，隨處可見歡聲笑語，許摘星感覺自己的心態都年輕了不少。

逛完之後又去買飲料，飲料店人多，點完了單四個人就站在門口邊聊天邊等著。

周悅正在說下午開班會競選班長讓三個人幫她投票的事，突然聽到旁邊有人道：「問到了，那個新生叫許摘星，好像是傳媒系的。」

四個嚼珍珠的人齊刷刷回頭看過去。

太陽傘下坐著三個打扮精緻的女生，穿著名貴，都是形象好氣質佳的類型，拿著手機的女生冷笑道：「這一屆的新生本事還真大，學都還沒開始上，就學會勾引學長了，真賤。」

許摘星：？

她看向自己的室友，指了指自己：「她們在罵我嗎？」

周悅：「不明顯嗎？」

辛惠是個粗線條的，還不知道發生了什麼：「摘星，妳認識她們啊？她們為什麼罵妳？」

一直不怎麼說話默默喝奶茶的白霏霏輕聲細語道：「是因為剛才那個學長吧？」

那女生罵完了，又嘆著氣拍了拍穿連衣裙那女生的肩：「蓓蓓，別難過了，祁澤也只是圖個新鮮，他就是那樣，玩夠了，最後心還不是放回妳身上，妳還是安心準備妳的面試要緊。」

叫蓓蓓的女生苦笑了一下，垂眸看著奶茶：「面試已經結束了，應該沒問題的。只是我去那邊之後，在學校的時間就更少了……」

兩個女生對視一眼，都有點憤憤不平，其中一個說：「乾脆把那個新生叫出來，好好收拾一頓，讓她再也不敢惦記別人的男朋友！」

話剛說完，就聽見背後有個陰森森的聲音笑著問：「妳們想怎麼收拾我啊？」

三個女生嚇得飲料差點打翻了，驚恐地轉過頭。

許摘星抄著手站在後面，似笑非笑地盯著她們。

拿手機女生最先反應過來，失聲道：「妳就是許摘星？」

許摘星非常和氣地一笑：「沒讓妳失望吧？」

背後說人閒話被逮個正著，三個人都挺難堪，但再難堪也不能在氣勢上落了下風，說要收拾許摘星的女生冷笑一聲開口道：「小妹妹，看妳是新生不懂事，給妳句忠告，別打別人男朋友的主意，潔身自好一點為妙。」

許摘星悵然地嘆了聲氣：「唉，我年紀小不懂事，忠告也聽不進去，這可怎麼辦吶？」

女生一頓：「妳什麼意思？」

許摘星非常無辜地一聳肩：「就是妳想的那個意思囉。」

那女生被她白蓮花的氣質驚呆了。

正愣著，那個叫蓓蓓的女生突然站起身來，顫抖著聲音呵斥一句：「夠了！」

周圍所有人都唰一下看過來。

蓓蓓泫然欲泣地看著許摘星：「學妹，妳既然喜歡阿澤，希望妳能好好對待這段感情，照顧好他。阿澤胃不好，和他吃飯的時候記得別點辣，他喜歡喝無糖的飲料，吃橘子味的口香糖。他和室友一起去網咖玩遊戲的時候總是忘記吃飯，妳記得按時提醒他。我沒關係的，祝你們幸福。」

許摘星：「……」

對不起，是在下段位不夠。

我輸了。

然後蓓蓓就哭著跑了。

留下周圍一群人看小三一樣義憤填膺地瞪著許摘星。

許摘星：「……」

嗚嗚嗚嗚嗚嗚我錯了我不該裝白蓮花逗她們，誰能想到我竟然裝到了白蓮花本蓮跟前呢。

她朝三位室友投去求救的眼神。

周悅：「愛莫能助。」

辛惠：「幫妳打架還可以，這我沒辦法了。」

白霏霏：「……摘星，妳以後還是別用這種激將法了。」

四個人在人民群眾譴責的目光下拿著飲料飛速逃離了。

回寢室休息了一下，周悅拿著手機大呼小叫：「摘星！我找到了！那個叫蓓蓓的也是廣播主持系大三的，是祁澤的前女友！不對，不只是前女友，文章上說，她跟祁澤分分合合，祁澤不管換多少個女朋友最後都還是會回到她身邊。」

周悅咋舌：「難怪呢，手段這麼厲害。」

許摘星躺在床上有氣無力：「關我什麼事，我只是個被誤傷的小蝦米。」

辛惠氣憤道：「渣男！還好妳不喜歡他，剛才吃飯的時候就不該告訴他妳的名字！」

白霏霏在陽臺上幫她帶來的花澆完了水，走進來輕聲問：「摘星，妳現在是怎麼想的？」

許摘星：「後悔，現在真的非常後悔。不該故意刺激她們，應該直接把飲料砸在她們頭上。」

白霏霏捂著嘴笑了笑，說：「現在後悔也沒用啦，妳還是找他們把話說清楚吧，我看那個蓓蓓心機蠻重的，這樣下去對妳不好。」

許摘星擺擺手：「我才沒時間理這些小貓小狗，我的時間寶貴著呢。」

最近辰星又有不少投資劇找上門來，許延寄了十幾封郵件給她，讓她仔細看一遍，把看中的挑出來，然後他再過一遍。

而且她最近又有幾個新的綜藝構想，還在初步策劃中，讀書之餘還要工作賺錢，哪有心思去管那些毫不相干的人。

在學校住了一週後，許摘星搬出了宿舍。

其實她也不想搬，但從學校到公司實在太不方便了，而且宿舍又要查寢斷電，嚴重干擾她的工作計畫，請室友一起吃了頓飯後，就正式搬了出去。

她不住宿舍這件事是一開始就確定好的，但只有室友和老師知道。搬了沒幾天，系裡突然傳出一個謠言，說許摘星跟大三的學長在外面同居了。

許摘星知道這件事的時候，剛到辰星樓下，電話裡周悅氣得哇哇大叫：『誰他媽知道祁澤也在校外住啊？傳謠言的人太惡毒了，分明就是要毀妳名聲！』

白霏霏拿過電話說：『摘星，我懷疑是夏蓓蓓幹的，辛惠正在幫妳查ＩＰ，如果確定是她，妳打算怎麼做？』

許摘星一邊往裡走一邊說：「還能怎麼做？當然是弄死她。」

對面的電梯門緩緩闔上，她小跑了兩步：「電梯等一下！」

裡面有人及時按住了。

她飛快跑過去，聽筒裡傳來白霏霏生氣的聲音：『查出來了摘星，真的是夏蓓蓓！發文IP是她們寢室！』

許摘星竄進電梯，還沒來得及說話，就看見夏蓓蓓穿著一件紅色的連衣裙站在裡面，臉上溫柔的笑意在看見她時，僵在了臉上。

許摘星頓了幾秒，幽幽笑了：「喲，這不是夏學姐嗎，巧了。」

電話裡傳來白霏霏驚恐的聲音：『摘星妳別衝動啊，殺人犯法！』

第十七章　離別

電梯裡安靜得只剩下排氣扇運作的呼呼聲響。許摘星對著電話說了句：「哪會呢？」然後掛了電話。

夏蓓蓓臉上的笑還僵著，瞳孔保持放大狀態，目不轉睛地盯著她。許摘星將她從頭到腳打量一遍。

她今天打扮得比往日還要精緻，裙子也是某個品牌的高級訂製款，銀色的高跟鞋，長直髮微微散在肩頭，散發著溫柔的清香。

透過周悅沒事就在論壇挖墳的八卦來源，許摘星知道，其實夏蓓蓓的家庭並不富裕，起碼沒有達到供她穿今天這身高奢的地步。

跟祁澤談戀愛後，從頭到腳的行頭都是祁澤買給她的，祁澤為女生花錢向來不心疼，不然也對不起他浪蕩公子哥的稱呼。

穿了太久的名牌，受了太多的追捧，就忘記了自己本來的身分。

所以才那麼不甘心放手。

就算祁澤再渣，再花心，她也要緊緊拽住。畢竟由儉入奢易，由奢入儉難。戴了太久名媛面具，她不想脫下來了。

許摘星打量結束，發現電梯還沒按。

她笑吟吟問夏蓓蓓：「學姐，來面試啊？去十三樓對吧？」

夏蓓蓓僵硬的表情有了反應，她動了動唇，吐出一絲不可置信的聲音：「妳也來這面試？妳不是傳媒系的嗎？」

許摘星說：「哦，我不面試，我是來上班的。」

夏蓓蓓更加驚訝：「妳在這上班？妳不是才上大一嗎？」

許摘星笑了一下，直接按了十三樓，又幫自己按了七樓。雖然辰星現在已經把整棟大樓買了下來，但當初設在七樓的管理層辦公室還是照舊沒搬。

夏蓓蓓的兩輪面試都已經過了，今天是來進行最後一輪決賽面試的，她來過兩次，之前帶路的工作人員熱情地跟她介紹過每層樓，她當然知道七樓是管理層。

心想，許摘星不會是給哪個高層當祕書助理的吧？

辰星去年開始已經在做直播了，養豬的網紅不出意外迅速走紅，每天直播的觀看人數高達幾十萬人，已經成為辰星的當家王牌之一。

最近辰星又推出了一個直播選秀比賽，不是後來那種露肉開車的不雅直播，而是帶有主播性質，無論是主持、唱歌、跳舞甚至脫口秀，只要符合要求，都可以參加。

三輪面試之後，留下來的人將會跟辰星簽一份比賽協議，然後在星辰旗下的樂娛影視直播頻道開始比賽，最後根據人氣決出冠軍，將直接簽約成辰星的藝人。

夏蓓蓓是廣播主持系的，人美聲甜，比起畢業之後從電視臺底層開始摸爬滾打，辰星的這個直播選秀明顯更符合她想要的未來。

主播出道，成為藝人，跟明星也沒什麼區別了。

她暗自打量過其他參加比賽的選手，她確信自己是其中顏值最高的一個，她唱歌也好聽，又是主持專業，優勢很大，拿冠軍的可能性也很大。

唯一沒想到的是會在這裡碰到許摘星。

都說不做虧心事，不怕鬼敲門，她做了那些事，面對許摘星時多少還是有點心虛。正胡思亂想，突然聽到許摘星淡聲問：「學姐，學校論壇的文章是妳發的吧？」

夏蓓蓓渾身一震，當然知道她說的是什麼。

她咬了下牙根，儘量讓語氣平靜：「我不懂妳的意思。」

許摘星笑嘆一聲：「如果妳調查過我，就該知道，我對祁澤並沒有意思。他那種人，在我身上花了時間沒得到回饋，很快就會轉移目標，妳其實根本沒必要在我這下功夫。」

電梯叮一聲，到了七樓。

電梯門打開，許摘星往外走，走了兩步，手擋住門防止它關過來。她回過頭看著夏蓓蓓，意味深長地笑了下：「因為他跟我結仇，真的是件非常不划算的事。」

說完，鬆開手，走出電梯。

電梯門緩緩闔上，繼續往上。夏蓓蓓一開始還不知道她這麼說的意思，只以為那是她的虛張聲勢，到了十三樓，緩了緩心態，就投入到面試準備中去了。

直到面試開始，她排在第三位，做足了準備走進面試間，看到坐在面試官席位中間的許摘星，整個人都要崩潰了。

她怎麼會不知道，今天的決賽，是由辰星的五位高管直接面試。其中兩位還是辰星的大小許總。

許總……

許……

許摘星……

夏蓓蓓雙眼一翻，差點暈了過去。

最旁邊的是這次直播選秀的總負責人，看了她的資料一眼，抬頭說：「夏蓓蓓，妳是廣播主持系的學生對嗎？那請妳展示一下妳在主持方面的優勢和專業。」

夏蓓蓓滿頭冷汗，精緻的妝容和瀏海都已經被汗浸濕了，穿著細高跟的小腿微微發抖，有點站不穩的感覺。

她嘴唇張張闔闔好幾次，卻一個音節都發不出來。

負責人皺了皺眉，有點不悅。在她進來前，他可是跟兩位許總都誇讚了這位選手的，說她很有奪冠的潛力。

結果怯場成這樣，簡直打他的臉。

負責人偏過頭跟許摘星解釋說：「大小姐，這位選手之前的表現都很優秀，今天應該是有點怯場。」

夏蓓蓓一聽「大小姐」這個稱呼，知道一切猜測都成真了，再也沒有幻想的可能。

跟我結仇，真的是件非常不划算的事。

豈止是不划算。

夏蓓蓓心中一慟，眼淚都快出來了。

許摘星看完她之前表演的文字資料，終於抬頭看過去，在夏蓓蓓驚恐後悔的眼神中開口問：「三號選手，妳的展示呢？」

夏蓓蓓現在哪還有心思展示，一聽許摘星這麼問，心想她必定是打算羞辱自己。慌張地說了聲「對不起」就匆匆轉身跑了出去。

外面等待面試的選手看見之前自信滿滿的漂亮女生滿頭大汗神色慌張地從裡面出來，還以為面試官有多可怕，都不由得緊張起來。

結果面試完了發現，明明很輕鬆嘛，大小許總也特別親和，一點壓力都沒給他們。

等所有面試結束，許摘星又跟著許延和高層討論最終入選的選手。輪到夏蓓蓓的時候，總負責人特別遺憾：「她前兩場的表現真的特別好，我本來很看好她，唉。」

雖然夏蓓蓓今天表演失誤，負責人還是捨不得放棄，試探著問許延和許摘星：「要不然給她一個機會呢？反正直播比賽到時候還是要看人氣，如果她真的不想，到時候也會被網友淘汰的。」

許延正在看夏蓓蓓之前的面試重播，看完了點點頭：「確實有紅的潛質，廣播主持系的學生，難得遇上一個。」

說完，他看著許摘星問：「妳覺得呢？」

許摘星就事論事：「之前的表現的確不錯。」

許延笑了笑：「那就給她一個名額，讓她幫妳賺錢賠罪？」

許摘星：？

你又看出來跟我有關了？眼睛怎麼這麼毒呢。

賺錢賠罪……

聽上去很心動的樣子。

許摘星略一思忖，還是要從公司的角度出發，不能一味的顧及私人恩怨，點頭應了：

「那行吧。」

於是夏蓓蓓第二天就收到了決賽通過的訊息。

她驚得直接摔了手機。

自從昨天從辰星離開，她整個人就沒好過，被巨大的後悔和驚慌包圍，幾乎整夜沒睡，白天的課也請了假沒去上。

得罪了辰星的大小姐，她進娛樂圈的夢碎了。資本的世界她豈能不清楚，許摘星隨便一句話就可以讓她這輩子都出不了頭。

她甚至開始怨恨起祁澤來。

有多喜歡祁澤呢，其實也並沒有很喜歡他，只不過，他是她現在能碰到的，最符合她要求的男生罷了。只要她爬到更高的地方，就再也不會回頭看他一眼。

可現在因為祁澤，她去往上面的路直接被堵死了。

這個渣男！撩誰不好，為什麼偏偏要去招惹辰星的大小姐！

夏蓓蓓又悔又恨，已經躺在床上哭了好幾個回合，結果收到了辰星傳來的訊息。

她還以為自己在做夢，抱著手機看了又看，還是不敢相信，又打電話過去詢問，確認她的確是通過了決賽。

夏蓓蓓坐在床上足足愣了十分鐘。

許摘星放過她了？

還是……她只是想留著自己，折磨自己？

她一時猜不透許摘星的心思，不過到底是修煉滿分的白蓮花，很快意識到，不管許摘星是打算放過她還是折磨她，她現在要做的就是立刻道歉。

夏蓓蓓趕緊起床，打開電腦登錄論壇，嘴唇咬了又咬，最終還是沒有選擇匿名發文，而是真身上陣，以顯示自己的誠心。

許摘星這時候還在教室上課。

熱衷混跡於各大論壇的周悅突然像發了羊癲瘋一樣，一把拽住許摘星記筆記的手，把手機塞到她手上，壓低聲音道：「我靠我靠我靠，夏蓓蓓發文跟妳道歉了！」

許摘星有點意外，拿起手機看了看。

文章是十分鐘之前發的，還沒飄紅，但因為標題帶了大名，點進去留言的人已經非常多了：《我是夏蓓蓓，在這裡正式向許摘星同學道歉》。

一樓：『因為誤會了許摘星同學和我前男友的關係，我沒有經過查證就誤傳了她在校外同居的消息，為許摘星同學造成了非常嚴重的不良影響。在此，本人鄭重向許摘星同學道歉，希望她能原諒我的過錯，也希望其他同學不要再信謠傳謠——夏蓓蓓親留。』

二樓：『前排，什麼情況？』

三樓：『夏蓓蓓本人？不會是冒充的吧？』

四樓：『我靠？是之前那個大一新生跟祁澤同居的傳言嗎？』

五樓：『夏蓓蓓是不是瘋了？發這種文？』

六樓：『所以謠言是夏蓓蓓傳的？都是女生，傳這種毀人聲譽的謠言也太噁心了吧。』

七樓：『重點難道不是她傳了謠言之後現在又跑出來道歉嗎？自己打自己臉，太狠了。』

八樓：『是哪個傻子冒充我們蓓蓓發文？還往蓓蓓頭上潑髒水！是不是謠言自己心裡沒點數嗎？』

九樓：『我也覺得不是本人，這不是大張旗鼓地宣告自己傳謠言嚼舌根嗎，夏蓓蓓那麼清高，肯定不會做這種自毀形象的事。』

十樓：『我是夏蓓蓓，自拍自證。希望同學們不要再惡意揣測了，這次的確是我做錯了，我也深刻意識到了自己的錯誤，再次向許摘星同學道歉。』

配圖：寢室自拍。

照片上的夏蓓蓓沒有化妝，模樣憔悴，她身後的書桌上有個藍色的鬧鐘，顯示的時間正是回文的前一分鐘。

十一樓：『我靠還真的是！八、九樓打臉了吧哈哈哈哈，怎麼夏學姐做這事之前沒有知會親友團一聲嗎？』

十二樓：『夏學姐也有今天啊。也不是第一次幹這種事了吧，為了個渣男中傷了多少無辜的女生，除了許摘星，妳是不是應該跟其他人也道個歉啊？』

十三樓：『許摘星是怎麼做到讓夏蓓蓓自毀名聲主動道歉的？人身威脅？』

十四樓：『這新生來頭不小啊。』

許摘星看文的時候，留言已經幾百樓了。她還真的沒想到夏蓓蓓會這麼做，這女生對別人狠，對自己更狠，真是「能屈能伸」啊。

三個室友課都不聽了，接下來全程圍觀道歉文，白霏霏不可思議問：「摘星，妳對夏蓓蓓做什麼了？」

許摘星：「我真的什麼都沒做。」

我還給了她入選的機會呢。

我可真是個好人啊。

好不容易熬到下課，周悅終於可以暢所欲言，逮著許摘星就是一頓搖：「妳怎麼做到的？妳到底怎麼做到的？妳是不是去找祁澤了？」

許摘星嫌棄地把她推開：「我瘋了嗎我去找渣男，先回宿舍再說。」

四個人抱著書往外走，剛出教室，就看見夏蓓蓓腳步匆匆走了過來。

幾個人都是一愣，夏蓓蓓已經走到面前。她看上去比照片還要憔悴，因為哭了太久，眼睛都是腫的，失去了往日的精緻。

她手裡拿了個包裝精美的禮盒，有點緊張地遞到許摘星面前：「大小姐，這是給妳的賠禮，希望妳接受我的道歉。」

許摘星掃了一眼，淡聲道：「不用。」

夏蓓蓓一臉後悔的痛苦：「大小姐，真的很對不起，我……我知道現在說什麼都晚了，但是我真的是誠心跟妳道歉……」

正值下課時間，周圍好多人都在圍觀，許摘星有點頭疼，一把接過禮盒：「行了，我不會揪著不放的，妳不用這樣。」

夏蓓蓓輕輕一顫，滿眼感激，輕聲說：「謝謝大小姐不計較。」

許摘星揮了下手，抱著禮盒和書走了。

三名室友面面相覷，內心無比震驚，但當著這麼多人的面也不好多問，趕緊跟上。

一直到回到寢室，周悅把門一關，跟辛惠對視一眼，直接把許摘星按在了床上：「說！快說！妳到底有什麼瞞著我們！她為什麼叫妳大小姐！」

兩個人壓著她，白霏霏就撓她癢癢，許摘星連連求饒：「我說我說我說！我說還不行嗎！周悅把妳的鹹豬手從我胸上拿開！」

四個人鬧了一番，許摘星喘著氣從床上翻坐起來，看著對面三堂會審一樣的三個人，無奈道：「夏蓓蓓面試的那個公司是我家開的。」

她們其實早就知道許摘星家境優渥，畢竟滿身名牌，賓士來接去送，談吐教養都顯示出不一般的家庭。

只是……

周悅遲疑著問：「可是我記得，夏蓓蓓面試的……不是娛樂公司嗎？」

白霏霏跟著她也看了不少八卦：「辰星娛樂，時臨在的那個公司。」

時臨現在已經是紅遍大街小巷的民謠歌手，許摘星在寢室聽到好幾次白霏霏哼他的歌了。

三個人目瞪口呆：「辰星是妳家開的？」

許摘星點了下頭。

周悅尖叫一聲撲了過來：「幫我要趙津津的簽名！我要趙津津的簽名！」

許摘星：「妳居然喜歡趙津津？」

周悅：「啊啊啊漂亮的小姐姐誰不喜歡！她的每部劇我都看過！她就是我想要活成的樣子！」

白霏霏一向文靜內斂，現在也忍不住激動得小臉緋紅，輕聲細語說：「摘星啊，那個時臨……我也可以要個簽名嗎？」

只有辛惠不追星，還沉浸在夏蓓蓓居然剛好撞到許摘星手裡的喜悅中：「都不知道該不該同情夏蓓蓓了，真是人生何處不驚喜啊。」

四個人鬧了一陣子，許摘星又跟她們打招呼，這件事自己知道就好，不要對外傳，畢竟辰星旗下的當紅藝人實在是太多了，萬一誰都跑來要簽名，她乾脆也別上學了，倒賣簽名也可以發家致富。

有了這麼一齣，那些謠言總算是自行消失，不過夏蓓蓓因為這件事在學校的名聲也不如之前好了，祁澤本來之前還作壁上觀的，他巴不得謠言傳厲害了，許摘星來主動找他，讓他出面澄清，到時候他就可以趁機提點要求。

沒想到夏蓓蓓搞這麼一下，祁澤簡直想破頭也想不出來原因。

下午放學，他主動去夏蓓蓓宿舍樓下等她。之前每次夏蓓蓓看到他，都是一副小女生的嬌羞飛奔到他身邊，極大滿足了他作為男生的虛榮心。

結果今天夏蓓蓓一看到他，頓時臉色一沉，理都不理他，腳步不停往裡面走。

祁澤下意識拉住她手腕，柔聲喊：「蓓蓓。」

夏蓓蓓：「渣男！放手！」

祁澤：？

夏蓓蓓就這麼走了，拉黑了他所有聯絡方式，祁澤連電話都打不過去，簡直茫然了。

誰來告訴他到底發生了什麼？

夏蓓蓓通過了辰星的面試，在學校的時間就更少了，開始專心準備直播選秀。去公司的時間多了，會經常遇到許摘星。

她還是有點怕許摘星，每次看到都膽戰心驚畢恭畢敬，但許摘星說過了就真的過了，再也沒主動提過，也沒有因為這件事針對她。

她經常聽到公司的員工討論許摘星，說得都是大小姐人有多好，對員工有多和氣寬容。夏蓓蓓一開始只是懼怕，後來漸漸就真的轉為了敬畏和崇拜。她發誓，一定要努力，好好表現，賺錢向大小姐贖罪！

直播選秀正式在星辰上線時，夏蓓蓓不愧是高層一致認可的選手，成為所有直播間中人氣最旺的一個。

每天禮物飛機火箭送不完，許摘星看著日益增多的進賬，露出了地主一般的財迷微笑。

直播選秀是非常新穎的節目，勢如破竹在眾多選秀節目中殺出了一條血路成功登頂。每日劇增的觀眾和流量迅速吸引了資本的注意，不少廣告代言都找上門來，辰星光是贊助費這一塊就獲利不少。

不僅辰星，因為直播平臺放在星辰，樂娛影視的下載量和觀看量也同時劇增，每日使用者點播流量超過同期影片三個點，許父簡直樂不可支，一高興又買了兩個全球限量版的ＬＶ包包給許摘星。

許摘星：「爸，別買他家的了，膩了，換香奈兒吧。」

直播進行得如火如荼，入冬的時候，趙津津的戲也終於殺青了。《築山河》不愧是大製作，拍了大半年，每一個細節都做到了絕對完美。

辰星最近動靜這麼大，圈內都盯著呢，《築山河》一殺青，不少影視公司、影視平臺就紛紛拋來橄欖枝，願意高價購買《築山河》的獨播版權。

這種事，當然是肥水不留外人田。

許父來了趟B市，以父女價拿下了《築山河》在樂娛影視的網路獨播版權，跟許摘星簽訂了合約。

許父看著檔上父女倆的名字，有種啼笑皆非的感覺。

誰能想到，有一天他會跟自己的女兒談合作呢。

他翻來覆去看了好幾遍檔，最後感嘆地摸摸許摘星的頭：「妳媽天天都在家提到妳，放寒假了早點回來。」

許摘星其實挺忙的，計畫都已經做到了寒假期間。畢竟她現在還要上學，工作的事不能集中處理，只能每日均攤往後推，都堆在了假期。

不過她還是重重點了點頭，答應許父，一放假就回家。

《來我家做客吧》的嘉賓名單在經過兩個月的篩選邀請後最終確定下來，拍攝時間定在元旦後。

趙津津雖然一再表示她可以控制脾氣，保證好好表現，不過許摘星還是不同意讓她上。只是為了安撫她，答應讓她去當一期神祕的飛行嘉賓。

年底專案多，許摘星還要複習準備期末考試，差點沒被忙死。

還有一週就是元旦，她決定好好犒勞一下自己，用掉她一直珍藏的請愛豆吃飯的機會！

而且元旦多有意義啊，新的一年，新的一天，新的開始。這種時候，有她陪在愛豆身邊，嗚，想想就要升天了。

晚上到家，她趴在床上刪刪寫寫了半個小時，才終於把訊息寫好好，點擊傳送。

——『哥哥QVQ，元旦有空嗎？請你吃大餐！』

不到五分鐘，收到了岑風回覆：『有空。』

許摘星激動得小腳亂蹬：『那哥哥想吃什麼？這次從頭到尾都要我來請哦！』

岑風說：『不跟妳搶。』

不知道為什麼，許摘星就是從他這句連標點符號都沒有的平淡回覆中看出了他的笑意。

她滿心花亂開，小臉都激動紅了，正思考著怎麼回覆，岑風的訊息又過來了。

他問：『除了吃飯，還想做什麼嗎？』

許摘星：？？？！！！

我還可以做點別的什麼嗎？

我可以嗎？

可以嗎？

嗎？

愛豆這是在逼我犯罪。

有賊心沒賊膽說的就是許摘星這種。

其實賊心也沒多少，作為一個勤勤懇懇的事業媽粉，她還是很正派的！如果真的要做點別的什麼的話，她其實想請愛豆去做個中醫推拿全身按摩……

以前的岑風因為練舞留下了一身的舊傷，都是當練習生時太拚命造成的，全身按摩有助於活血化瘀，消除疲勞，實在是練習生休息放鬆之必備良藥。

但聽上去好像有點不太正經的樣子，有某種地下交易的嫌疑。

思來想去，許摘星決定還是把這個選擇權交到愛豆手裡，她回覆：『都可以！』

吃吃飯聊聊天壓壓馬路嘬嘬霜淇淋就已經很開心啦。

岑風回得很快：『好，元旦見。』

許摘星：『元旦見QVQ！』

於是這一年的元旦，成為了許摘星最期待的新年。電話一掛她就開始準備這次「約會」，找餐廳查路線挑衣服。

餐廳要符合愛豆的口味，又不能離愛豆太遠，畢竟計程車費不便宜。不能再像上次那樣找個環境像幽會的地方，要亮堂大方但是又不能太吵。吃完飯出來之後周邊環境還要不錯，可以走一走逛一逛，這個時候吃霜淇淋已經太冷了，附近最好要有好喝的飲料店。

有了盼頭，時間就開始變得緩慢。

之前又要上課又要工作覺得時間不夠用，現在每天數著倒計時還覺得太慢。

日思夜盼的，終於到了元旦的前一天，許摘星一切準備就緒，到學校的時候心情大好，連帶對於今天要參加系裡舉辦的枯燥無聊的講座都沒那麼厭煩了。

傳媒系經常舉辦講座，內容有多枯燥就不說了，還不准請假缺席，不來就扣學分，隔三差五搞一次，系裡學生怨聲載道。

許摘星跟著室友一起進到禮堂找位子坐下，看著講臺上六十多歲的老教授都覺得親切可愛。

可能是她眼裡的興奮太明顯，辛惠好奇地問：「什麼事這麼開心說出來讓我們開心一下啊。」

周悅趴在桌子上懨懨地轉著筆，一針見血道：「不明顯嗎？笑得那麼浪蕩，一看就是被愛情沖昏了頭腦。」

許摘星：？

她抬手敲她頭，「閉上妳的嘴。」

周悅瞌睡沒睡醒，有氣無力的，也懶得躲：「交男朋友不丟人，記得帶出來給我們看看，姐妹們幫妳把關。」

兩人還鬧，系裡主任打開麥克風訓斥道：「都找位子坐好，講座馬上開始了，手機全部關靜音，都給我認真聽，到時候各班助教收兩千字的聽後感。」

禮堂頓時一片哀嚎。

周悅嚎得最大聲：「我到底上的大學還是高中啊！」

再嚎也沒用，遇到管教嚴格的系院，這都是命。

不過好在今天演講的老教授跟以往不一樣，比較風趣，許摘星聽了一陣子還挺感興趣的，拿出筆記開始認真聽講。

講座進行了三個小時，快到傍晚才結束，白霏霏一邊收東西一邊跟同樣認真記筆記的許摘星說：「系院就應該多找點這種風趣幽默的教授。」

許摘星贊同地點點頭。

她把筆記本裝好，拿出關了靜音的手機，剛解鎖一看，就看見有兩個未接來電。

為什麼？

為什麼她總是錯過愛豆的來電？

神仙姐姐又是您嗎？

電話是兩個多小時之前的，許摘星痛心疾首，不等室友，拿著手機衝出教室，邊跑邊往回撥。

電話還沒人接，助教急急叫住她：「欸欸，許摘星，妳等一下，妳別跑。」

許摘星一個急剎，轉過身看著助教：「啊？老師，什麼事？」

助教走過來：「妳之前提交的申請書還差一頁內容呢，趕緊補上，我等一下就要交上去了。」

許摘星疑惑道：「我寫了四頁呢，還不夠啊？」

助教說：「妳第一頁都是資料介紹，申請內容才三頁，其他同學寫十幾頁的都有，妳再補一千字上來。」

許摘星：形式主義要不得知不知道？

助教看她那不情不願的神情，直接道：「妳直接跟我去辦公室寫吧，這次我們班只有五個名額，妳可別因為申請書不合格浪費掉，快來，跟我走。」

許摘星看看手機，岑風還是沒接，無奈只好跟助教去辦公室。

入中央政治青年培訓是一件很嚴肅神聖的事情，系院篩選也特別嚴格，許摘星作為本屆第一批申請的人，當然也不能馬虎。

申請書還不能列印，必須手寫，助教把她帶到辦公室，拿了張正規信紙和筆給她，監督她補材料。

許摘星又開始絞盡腦汁寫小論文。

寫了不到一半，電話響起來，她飛快拿過來一看，果然是岑風回電了。

她偷摸摸看了對面辦公的助教一眼，捂著聽筒接起電話，壓低聲音道：「喂，哥哥，我剛才在上課。」

那頭聽到她壓低的氣音愣了一下，低聲問：『還在上課嗎？』

許摘星趕緊說：「沒有沒有，我在老師辦公室補資料。哥哥，怎麼啦？」

岑風頓了幾秒，聲音有點沉：『明天不能陪妳過元旦了，抱歉。』

許摘星腦子空了大概一秒，也只是一秒，立刻道：「沒事的哥哥！沒關係沒關係，你的事最重要！」

岑風說：『打電話是想問妳今天下午有沒有時間。』

許摘星內心簡直在滴血了，語氣還要輕快：「下午系院開講座，手機調了靜音。哥哥，你下次什麼時候有時間隨時找我，我都有空的！」

岑風有好一陣子沒說話。

許摘星還以為沒訊號，拿下來看了下螢幕，小聲喊：「哥哥，你還在嗎？」

『在。』他低聲問，『現在有空嗎？一起吃晚飯吧。』

許摘星眼睛瞪了一下，有點不可思議，低頭看了自己還沒到一半的申請書一眼，頓時痛苦了，結結巴巴道：「我……我還要一陣子，我還在學校，可能要一個小時才結束。」

然後她就聽到愛豆說：『我去妳學校找妳。』

許摘星差點暈過去了。

她聽到了什麼？

愛豆是不是瘋了？

許摘星驚得聲音都提高了：「不用啊哥哥，我沒關係的！下次也可以！」

坐在對面的助教抬起頭，投過來一個疑惑的眼神。

許摘星抱歉地笑了一下，指指電話，朝外面走了出去，走到門口的時候，聽筒裡傳來岑風低沉的聲音：『許摘星，我明天要走了。』

她腳步一頓，下意識問：「去哪啊？」

他說：『公司安排去H國培訓，明天出發。』

他頓了一下，淡聲道：『去兩年。』

許摘星像被當頭一棒，砸暈了。

兩人同時沉默了很久。

半晌，岑風說：『下次太久了，今天見吧。』

把練習生送到H國培訓，是溫亭亭的提議，早在兩個月前她就向總部提交了建議。總部經過幾次商討之後，同意了她的提議，跟H國的娛樂公司簽了一份合作協定，前不久消息才下來。

F-Fly的出道讓中天看到了男團的市場，也同樣讓他們認識到了國內在練習生培訓這塊的不足。既然借鑑沒能成功，那就直接把人交給對方來訓練，總不會再失誤。

韓流文化是中天高層一致認可的，F-Fly算是個半成品，現在低不成高不就，也只能這樣走一步算一步。但兩年後，從這些經受過完美機制培訓過的練習生中重新選人，成團出道，必然會有不一樣的未來。

出國培訓的計畫定下來後，溫亭亭要從公司所在的一百多個練習生中選三十個人，岑風不出意外在名單中。

其實以他的能力，完全不用再去培訓。但溫亭亭也瞭解他的態度，就算把他留在國內，他依舊會自我放棄下去，她思考著，或許換個環境能讓他換種心態。

看到H國娛樂文化的發達，看到那些因練習生出道的偶像愛豆如今有多輝煌，說不定他就改變想法想出道了呢？

而且這兩年，她也會作為總負責人跟著過去，她本來就對岑風有意思，當然不會把他丟在國內兩年見不到面。

現在就很冷淡，要再兩年不見面，還不把她當陌生人？

岑風接到通知的時候，難得主動去找了她一次。他不願意去H國，讓她換一個人選。

溫亭亭早就猜到他會拒絕，但合約在身，受制於人，容不得他拒絕。

她不留餘地地駁回了他的要求，他察覺了她態度的堅決，也就沒再來找過她，平靜接受了安排。

被選中的練習生都很有潛力，將來準出道的苗子。而且免費出國深造，還能增強實力，大家都很高興有這個機會。

之前通知的是元旦之後就出發，公司還讓他們放了四天的假。畢竟一去就是兩年，期間也不會再回國，需要跟家人好好道個別。

岑風沒有需要道別的人。

這麼想的時候，腦子裡卻毫無預兆地蹦出了一個名字。

他點開了許摘星的社群。

自從上次在高級私廚吃過飯之後，她的社群畫風又變回了之前的一本正經，養養花跑步做做公益，一副歲月靜好積極向上的樣子。

岑風幾乎能透過這些動態看到她發文時哭唧唧的委屈表情，讓人忍不住想笑。

他想打電話告訴她這件事。

他想跟她說，我要走了。

可又好像沒有特別說明的必要。

她於他而言，不過是區別於這個冷漠黑暗的世界的一抹陽光，讓他不至於對這個世界完全失望。

而他於她而言，大概也只不過是一個有些喜歡崇拜的大哥哥罷了。崇拜？或許吧，或許因為他的臉，或許因為他的歌，一切好感都來自青春期的悸動和她天生的善良溫柔。

他沒有立場專門去向她道別。

這麼想著，他退出了她的社群。

結果下一刻就收到了她的訊息，她開心地問他，哥哥，要不要一起過元旦呀。

他還欠她一個請客機會。

他答應了，甚至還主動問她，除了吃飯，還想不想做什麼。畢竟這次一別，下次再見時，可能就會形同陌路了。

她可能有了新的生活，交了喜歡的男朋友，有了其他的愛好，然後忘記他這個偶然遇到的流浪歌手。

起碼讓分別是美好的，這是他唯一能做的了。

沒想到因為簽證和航班的原因，去H國的行程提前了兩天。

今天中午才收到的通知，還在家的練習生都紛紛定了機票高鐵連夜趕回來準備出發。他不想爽約，想把明天的約定提到今天來。

哪怕只能吃晚飯。

聽筒裡呼吸聲漸漸粗重起來，女孩大概是真的被驚到了。

他耐心地等著，好半天，聽到她不無輕快地說：『好呀，那就今晚見，哥哥你在哪裡，我過去找你。』

岑風說：「妳不是在補資料嗎？」

那頭一頓，又輕鬆笑道：『那個沒關係啦，明天補也可以。』

他低聲：「不用，妳好好做。把地址傳給我。」

幾秒之後，許摘星笑著說好。

掛了電話，很快收到她傳來的訊息。她之前在社群曬過通知書，他其實知道她在哪個學校。知道她考進了這麼好的大學，他很為她高興。

冬季天黑得早，出門的時候，寒風裹挾小雪，有種壓抑的陰暗。

他搭了車去傳媒大學。

四十分鐘後，車子在人來人往的校門口停下。

雖然是傍晚，天又冷，四周卻熱鬧非凡，四處都是朝氣蓬勃的大學生，小吃一條街燈火通明，空氣中不只有雪花，還有食物的香味。

他走到出口處的路燈下，沒有傳訊息給許摘星，微微倚著電杆等她。

他戴了帽子口罩，連眼睛都隱在帽簷下，垂著眸一言不發，門衛室的保全警惕地看了他好幾眼，最後還是忍不住走過來問：「喂，你做什麼的？」

岑風抬頭看了他一眼，聲音寡淡：「等人。」

保全從頭到腳打量他一遍：「等誰啊？」

他還沒說話，門後有道身影一路小跑著過來，氣喘吁吁地喊他：「哥哥！」

保全和岑風同時回頭，許摘星跑得上氣不接下氣，額前的瀏海被風吹得往上翹，不知道是不是天太冷又被風吹過的原因，她的眼眶有點紅，跑到他身邊時喘著氣緊張地問：「哥哥，你是不是等很久了啊？冷不冷啊？」

他將口罩往下拉到下頜的位置，露出挺拔的鼻樑和弧度漂亮的薄唇。那唇勾了個溫柔的弧度：「剛來，不冷。」

保全走了回去，轉身時嘟囔了一句：「等女朋友就等女朋友嘛，包那麼嚴實做什麼。」

許摘星看著那張朝思暮想的臉，心臟跳得更激烈，轉而又想起他明天就要離開的現實，差點又像剛才掛了電話在辦公室門口那樣哭出來。

她趕緊咬了咬牙根，努力朝他露出一個開心的笑：「哥哥你想吃什麼？我們學校附近有好多好吃的！」

岑風抬頭看了熱鬧的小吃街一眼，難得沒有說都可以，他說：「逛一逛吧。」

於是許摘星忍著難過和心臟微微抽搐的痛感，開始帶著愛豆逛小吃街。

學校附近的小吃總是很豐盛，又便宜，可以從街頭吃到街尾。上學這半年，許摘星跟室友們逛過很多次，對每個攤位的味道和美食都瞭若指掌。

先去買了飲料。

冬夜的街頭，一杯甜甜的熱奶茶會帶給人很大的溫暖和幸福感。

她照常要了十分糖，加紅豆和布丁，裝了滿滿一大杯。等岑風喝了一口後就迫不及待地問：「好喝嗎？」

他點頭：「好喝。」

她才放鬆地笑了。

兩人喝著奶茶繼續往前走，許摘星步伐輕快地走在前面，每到一家符合岑風口味的攤位處就會停下來指著說：「哥哥，這家超好吃！」

一路走一路買，手裡都快拿不下了。正值小吃街最熱鬧的時候，街上人頭攢動，許摘星發現愛豆走路時有意避免跟人肢體接觸，心裡頓時一痛，立即指著旁邊一家店面清靜的中餐店說：「哥哥，我們去那吃吧！」

岑風說好。

進店之後，找了個在角落的位子坐下，之前買的小吃擺了滿滿一桌子，許摘星又接過老闆遞上來的菜單讓岑風點菜。

其實小吃就夠吃了，但他不想讓她失落，還是點了幾個招牌菜。

許摘星把袋子都打開，把裡面裝滿小吃的小盒子一一拿出來擺在他面前：「哥哥，你嚐嚐這個麻辣炸雞塊，超級好吃！還有這個還有這個，這個炭烤豬皮真的好好吃！」

她說什麼，他就吃什麼。

很快點的菜也端了上來，整個桌子擺得滿滿當當，比上次還要豐盛。雖然都是便宜的小吃，可她想他應該會喜歡。

他果然也吃了很多。

許摘星努力不讓自己去想他明天就要離開，而且一走就是兩年的事實。她語氣輕快地跟他說起大學的生活，說她被助教逼著補寫申請書，說系裡經常舉辦的無聊的講座。

岑風一直安靜聽著，把她推到他面前的小吃都吃了。

說到最後，她已經快不知道該說些什麼來掩飾內心的難過。

她怕一停下就會忍不住哭出來。

那不是普通的捨不得分別的悲傷，涵蓋了好多好多無法言說的情緒。她知道她不該這樣，她應該尊重愛豆的任何決定。

其實仔細想想，去H國培訓是對他有益的。他會變得更加優秀，得到更好的指導與訓練。而且中天願意花錢送他去培訓，足以說明他們對他的重視，他必不會再遇到曾經那樣被打壓的情況。

他會成長得更為強大，然後迎接嶄新的未來。

她該為他高興。

她也的確這麼做了，沒有在他面前流一滴淚。

岑風喝完奶茶，看她強顏歡笑的模樣，從口袋裡拿出一個小小的盒子遞了過去，他說：「元旦禮物。」

許摘星一愣，定定盯著那個藍色的禮盒，好半天才慢慢拿過來，小心地打開。

盒子裡是一枚櫻桃髮夾，可愛又甜美。

她抬頭看了看他，眼眶終於開始泛酸。她抿下了唇，強忍著哽咽，輕聲問：「哥哥，你想去H國嗎？」

岑風看著她。

她問出這句話時，滿眼滿臉都是擔憂和關切，像是生怕他是被強迫的一樣。

岑風心裡有些發笑。

怎麼能讓一個女孩這樣擔心自己，她自己都還是需要被擔心的年紀。

想不想去又有什麼關係呢，回答她不想去，也改變不了這結果，還會讓她白白擔心。

他溫柔地笑了下：「嗯，想去。」

他笑了，她眼裡的淚意也就消失了，同樣甜甜的笑起來，認真地朝他點了點頭：「嗯！哥哥加油，我等你回來！」

既是你所期望的，我將毫無保留地支持。

等你回來，我送你一個王國。

第十八章　兩年

分別不應該只有不捨的悲傷，還該有重逢的期待。不就是兩年嗎，就當兩年追不到愛豆的活動，反正她還有獨家 solo 影片和照片可以舔！

許摘星曾經的那些經歷讓她把阿Q精神修煉得非常極致，最會自我調節和安慰，很快就從難過的情緒裡走出來了。

她把盒子裡的櫻桃髮夾拿出來別在頭髮上，開心地問岑風：「哥哥，好看嗎？」

其實她早過了別這種髮夾的年齡。

有種低齡的幼齒感。

不過因為是愛豆送的，幼齒變可愛，她覺得戴上這個髮夾的自己簡直是這條街上最可愛的妞。

櫻桃髮夾是岑風剛才在來的路上去精品店挑的，既是元旦禮物，也是分別禮物。

他沒有送過女孩子禮物，只是想起第一次見到許摘星時，她衣服上別了一枚櫻桃胸針，他覺得她大概會喜歡這個。

他點了點頭：「好看。」

許摘星心花怒放：「我超喜歡這個禮物！謝謝哥哥！」她說完一愣，又緊張兮兮道：「可是我沒有準備元旦禮物給你。」

現在算算，愛豆送過她奶茶、霜淇淋、機械小狗、《別想逃！霸道總裁的惹火小嬌妻》

（這個劃掉），現在又送了她櫻桃髮夾，可她好像什麼也沒送過他。

當粉絲的怎麼可以占愛豆的便宜！

岑風看她苦惱的小臉，主動道：「那現在去買吧。」

許摘星蹭的一下站起來：「老闆！買單！」

小吃街上也有商鋪，多是些學生喜歡逛的格子鋪，什麼都有，都不貴。許摘星看了一圈，覺得這條街上的東西配不上愛豆！

她試探著詢問：「哥哥，我們搭車去購物中心吧？」

岑風說：「在這裡買就可以。」

許摘星小聲嘟囔：「可是這裡沒什麼好東西。」

岑風看著她笑了一下：「喜歡的就是好的。」

禮物從來無關價格和品質，只要喜歡，就是最好的。

許摘星覺得愛豆說得都對！

她問：「那哥哥你喜歡什麼？」

那眼神認真又堅定，大有你喜歡什麼我就買什麼給你的氣勢。岑風一下被逗笑了，他哪需要什麼禮物呢，不過是不想她失落罷了。

他看了對面賣圍巾的小商鋪一眼。

許摘星順著他的視線看過去，了然地一點頭：「好！就買那個！」

正是冬天，H國也比這裡冷，買圍巾還是挺適合的。許摘星跑過去，在貨架前認認真真地挑了半天，不停地問他：「哥哥，你喜歡這個顏色嗎？這個款式呢？這個有鬚鬚，這個毛比較軟。」

最後岑風挑了一條黑色的純棉圍巾。

許摘星高高興興付了錢，轉頭看見岑風已經撕掉標籤，把圍巾裹上了。他長得好看，戴什麼怎麼戴都好看，修長的脖頸籠著圍巾，稍稍遮住尖削的下頜，臉部線條柔和了不少，整個人都顯得溫柔。

試問哪個追星女孩不希望愛豆把自己送的禮物戴在身上呢！許摘星深深覺得，這哪是在送愛豆禮物啊，明明是愛豆在滿足她！

自己這輩子真的值了。

時間已經不早了。

剛才還人來人往的小吃街逐漸冷清下來，有些攤販開始收攤，夜深天寒，許摘星知道是到了該說再見的時候了。

她一路蹦蹦跳跳把岑風送到了可以搭車的地方。

有很多話想說，到嘴邊都化作了一句：「哥哥，要照顧好自己呀，好好吃飯，好好睡覺。」

岑風說：「妳也是。」

有計程車在旁邊停下來。

許摘星努力彎著唇角，朝他揮揮手：「哥哥再見，我等你回來。」

岑風點點頭。

他拉開車門，俯身上車，關上車門時，許摘星忍不住往前走了兩步，她手指搭在車窗上，有點微微地抖，但還是笑著，遲疑著說：「哥哥，我……我明天可以去機場送你嗎？」

岑風看著她眼睛：「時間太早了，而且離妳很遠。」

許摘星明白他的意思。她哽咽了一下，聽話地點了點頭，卻又忍不住小聲問：「那……那等你到了那邊，可以跟我報個平安嗎？」

岑風說：「好。」

她還想說什麼：「那……」

可心裡已經在呵斥，夠了許摘星，夠了！

她閉了下眼睛，再睜開時，收回了搭在車窗的手，然後後退兩步，笑著說：「哥哥再見。」

岑風眸色很淡，所有情緒都隱在了昏暗的路燈燈光裡，他聲音低又沉：「再見。」

計程車緩緩朝前駛去，離她越來越遠。許摘星透過後車窗看著車內那個身影，下意識追了兩步，然後強迫自己停下來，捂著臉泣不成聲。

雪越下越大，濕潤的睫毛都快結冰。

她一邊哭一邊抬手摸了摸頭上的櫻桃髮夾。

她在心裡說：我就哭這一次。

我就哭這最後一次，然後用最好的狀態等待他的歸來。

第二天，中天娛樂三十名練習生赴H國培訓。許摘星消沉了整整一天，周悅一度懷疑她失戀了。

臨近傍晚的時候，她在社群上收到了岑風傳來的私訊。

他說：『我到了，一切安好。』

大概是還沒辦新的電話卡，所以選擇了用私訊的方式。許摘星盯著那則訊息看了很久，眼淚在眼眶幾次打轉，但想到自己昨晚發誓只哭一次，硬是沒讓它掉下來。

她沒有回復多餘的話，只是說：『嗯嗯，哥哥加油！』後面跟了一個熱血奮鬥的貼圖，看上去俏皮又輕快。

中天送練習生去H國培訓的消息很快在圈內傳來，引起了極大的轟動。這可是一筆不小的開銷，也是一個大膽的決定，畢竟不是任何人都有中天的底氣。

可這也是一個訊號，在告訴所有人中天對於偶像愛豆市場的重視，這個市場將來必定大有可為。

如果說之前 **F-Fly** 的出道只是讓其他人開始蠢蠢欲動，現在這個訊號，就是比賽開始時的槍聲，讓所有人都奮力飛奔。

許延告訴許摘星，光是據他所知，好幾家老牌公司都在開始準備推出自己旗下的男團，在接下來的半年時間內，將會有四、五個男團面世。

許摘星之前預料的愛豆模式和粉圈文化果然提前了，養成系愛豆和飯圈女孩這兩個詞逐漸進入大眾的視野。

而當所有公司都在爭相推出男團，準備蠶食流量市場時，辰星的練習生分部並沒有什麼動靜，照舊安安心心地訓練。

在許摘星看來，愛豆沒實力是原罪。

實力高於一切。

掌握先機的確重要，但如果能力不行，終將會被市場淘汰。她看過辰星的練習生表演，距離出道成為偶像還差得遠。

當然也跟她眼光高有關，畢竟在看過岑風的絕美舞臺後，其他的小蝦米真是很難入眼。不過也說明，一旦她認可了，那必然沒問題。

在其他公司為了男團打架搶資源占市場的時候，辰星就在安安穩穩搞自己的綜藝。國內的綜藝是弱勢，很難打進市場，但一旦進去了，基本就是穩紮穩打的地位。岑風離開後不久，辰星自製的綜藝《來我家做客吧》正式投入錄製了。

《來客》的官方帳號也同時上線，先由辰星官媒聯動宣傳了一波，然後開始預熱神祕嘉賓，每次只發出一、兩個模糊視線的消息，比如「她是一名性感歌手」、「他被譽為世上最像大海的眼睛」，海報也都是剪影，根本看不出來嘉賓都是誰，吊足了觀眾的胃口。

這種新形勢的綜藝不出意料獲得了超高熱度的關注。

綜藝採用邊錄邊播的形式，錄完前兩期後，第一期就在星辰旗下的樂娛影視上線了。樂娛的用戶量本來就大，星辰給了《來我家做客吧》最大最長最好的宣傳位，預熱了足有一個月，寒假正式上線的時候，預約人數已經達到了五十萬人。

這在國內綜藝裡完全是突破性的數據。

第一期為了吸引觀眾直接是免費免廣告觀看，這一期的嘉賓選得也很妙，極具話題度，一個是內陸剛離婚的非常正派直男的男演員馮行之，一個是臺灣以火辣性感著名女歌手姚笙。都不用看，光是想像就知道這兩個性格經歷完全不同的人相處時有多少看點了。

而且最關鍵的是，他們彼此都不知道彼此的身分。

馮行之不知道誰要來自己家做客，他一度以為來的是個大兄弟，還在家準備了啤酒和花生米，準備和大兄弟好好暢談人生。

姚笙也不知道自己要拜訪的是誰的家，覺得按照大陸綜藝委婉的風格，應該是個小女生，於是準備了巧克力和手鏈作為見面禮。

這樣極具戲劇化的開篇非常成功，《來我家做客吧》的首播點播率比同期綜藝足足高了五個點，一夜之間基本所有人都在討論這個綜藝。

而從第二期開始，《來客》就需要觀眾付費觀看了，不僅可以免廣告，還可以點播所有VIP影片，因為第一期的效果和內容實在太好了，百分之九十的觀眾都選擇了開通樂娛會員繼續觀看。

於是星辰和辰星再次雙贏獲利，隨著《來客》的播出，話題和熱度都高居不下，不少贊助廣告紛紛找上門來，許摘星已經帶著之前那個小組開始準備第二季的策劃了。

《來客》錄到第九期的時候，趙津津成功當了一期飛行嘉賓，當然她的任務不僅僅是上綜藝，主要還是為了宣傳《築山河》，畢竟《築山河》暑假就要上了。

為此辰星還專門把蘇野也請來當神祕嘉賓，賺足了話題度。

辰星成功憑藉《來客》在綜藝圈站穩腳跟，之後再推出新綜藝比之前容易了很多，畢竟資本和市場都認可辰星。許摘星打鐵趁熱，帶著策劃小組又策劃了三個綜藝，分別是旅遊類慢綜、競技類戶外真人秀、恐怖類密室逃脫，都一致獲得了高層的通過，將錄製計畫提上了日程。

暑假的時候，《築山河》在地方電視臺播出，娛樂影視同步線上播出。趙津津和蘇野在《築山河》上映之前跑了不少綜藝和通告，都是為了宣傳這部古裝權謀大劇。

兩人的人氣都高，粉絲基數也大，再加上樂娛影視和辰星宣發部不遺餘力地宣傳，《築山河》上線那天電視和網路的點播率都登頂第一。

這是一部連男主角腰帶上的符文都要扣細節的劇，它的製作有多精良，畫面有多宏偉自不必說。

用粉絲的話來說：只要你看完第一集，你不追劇算我輸。

許摘星想得沒錯，當年抄襲劇都能紅遍全國，沒道理原著紅不了。《築山河》的大紅是可預料的，趙津津憑藉此劇直接封神，一舉成為四大小花之首，不少電影都主動找上門來。

如今辰星在影視音樂綜藝三個方面都蒸蒸日上，曾經不被人看好的小作坊，正在以一種驚人的速度登峰。

許摘星許諾給岑風的王國，已經初見端倪。

而她沒有跟任何人說過，她只是數著日子，一天天倒計時，等著他回來。

中天將練習生送到H國培訓時，國內五個男團兩個女團相繼面世。Solo出道的偶像愛豆也不少，流量模式在娛樂市場異軍突起，吸引了大批粉絲。

大環境開始朝著粉圈養成的方向發展，許摘星感受到了似曾相識的追星環境。軌跡的改變讓後世現象提前，她已經無法預料今後種種。

這是一個新世界。

唯一能做的就是按照規劃，腳踏實地，一步一步往前走。

年底的時候，經歷過停刊危機的《麗刊》重新面世，一舉進入讀者視野。許摘星在這之前其實幫了不少忙，安南來找她的時候，只要在她能力範圍之內，她都會答應。

比如讓趙津津友情去拍封面，聯絡蘇野幫忙做一期採訪，以及嬋娟的相關活動和她新設計作品的發表，都會拿給《麗刊》去做。

她知道《麗刊》會有一次破繭重生，雖然的確有提前打好關係今後不缺時尚資源的小心思在，但她也真的把安南當朋友，想幫他一把。

只是打死她也沒想到，最後力挽狂瀾重新《麗刊》推向四大刊高度的總監會是安南。

她明明記得當初看八卦時名字是三個字！

最後才知道安南是他在圈內的藝名，他的真名叫莫鵬飛。這個名字終於喚起了許摘星丟失的記憶。她想起來了，爆料上那人的確是叫這名。

她又 get 了一個未來大佬，有種玩網遊撿到神器裝備的爽感。

不管怎麼樣，《麗刊》是重新活過來了，將來登頂四大刊只是時間的問題。

有安南和許摘星在，辰星的時尚資源完全不缺。這幾年來嬋娟已經在圈內站穩腳跟，還登上了幾次國際秀展，成為女星走紅毯爭相選擇的品牌。

現在只要提到中式古典風高奢，大家第一個想到的，必然是嬋娟。

不過設計界多少還是和娛樂圈有隔閡，許摘星又比較低調，當年獲獎的時候網媒不發達，不刻意去搜獲獎影片和設計師資料，都不太瞭解。除了圈內專業人士，許摘星的名字還是很少有人知道。

嬋娟秀現在一年辦一次，費老當初知道許摘星讀了傳媒系而不是設計還大發雷霆，直言對她很失望，差點取消了對嬋娟秀的贊助。

直到許摘星在接下來的時間內相繼設計出優秀的作品，一套比一套厲害，每一件作品都在吊打之前的自己，費老才終於重新認可了她。

時尚資源一好，很容易就讓人覺得格調高，辰星現在在外人眼中簡直就是高大上的代表，不少藝人做夢都想簽辰星。

而且圈子內算是發現了，辰星和樂娛影視就像穿一條褲子綁定了一樣，辰星一有作品必定是和樂娛聯動，別的平臺想分一口粥都分不到，同理，其他作品想抱樂娛的大腿，但凡是遇到辰星，都要靠邊站。

直到後來才有人扒出來，樂娛影視所屬的公司星辰傳媒的董事長也姓許。

原來你們是一家人呢？

星辰傳媒在娛樂圈不怎麼出名，放在房地產界那可是響噹噹的名字，辰星背靠星辰，一開始還打著某些小主意的大公司心思都散了。

房地產大佬，用錢就可以砸死你，惹不起還不行嗎。

許摘星並不知道無形之中她爹幫她解決了很多麻煩，她現在高興又憂愁。高興的是離愛豆回國的日子越來越近了，憂愁的是怎麼越近時間過得越慢呢？

其實不是沒想過去H國找他。

可她不知道該用什麼理由。

不管用什麼理由，好像都掩蓋不了她就是想去見他的事實。

她不想讓愛豆有一種這個人怎麼陰魂不散都跟到國外來了的感覺。

而且透過偶爾幾次的聊天，她知道他在那邊訓練很辛苦，訓練量是國內的好幾倍。他住在宿舍，吃住行都由公司嚴格安排，她去了，反而會給他找麻煩。

只能化身勤勞的小蜜蜂，投身工作，爭取在他回來之前，讓這個王國再大一點，再厲害一點。

✦

大三下學期開學後，許摘星就沒怎麼到學校上課了，傳媒系注重經驗和實踐，她提交了實習申請，有些課就不用去上了，更多的時候都是待在辰星。

周悅和白霏霏都跑來辰星應聘當實習生，沒辦法，偶像對於追星女孩的吸引實在是太大了。老天讓她們和辰星的大小姐成為了室友，不就是給了她們和偶像一起工作的機會嗎！

白霏霏現在還是一如既往專情地喜歡著時臨，她家庭普通，以前也過過苦日子，內心其實很自卑。時臨的歌常寫人生，她很有感觸，覺得跟時臨的精神世界是相通的。

周悅就不一樣了，自從她發現許摘星她哥對趙津津格外縱容後，她就認定趙津津是她的情敵。

儘管許摘星一再解釋，她哥縱容趙津津是因為趙津津是辰星一姐，周悅也不信。怒而脫粉，然後開始粉其他的人，這兩年已經換了好幾個愛豆。

最近她喜歡上辰星剛簽的一個新人男演員，迫不及待就讓許摘星幫她搞簽名。

不過兩人確實有能力，這幾年考試都是優，許摘星也沒交代什麼，讓人事部那邊自行負責，最後兩人都憑藉自身實力成功通過面試。

許摘星這才幫她們走了個後門，沒讓她們去部門打雜，而是直接將她們調到了自己的策劃小組。

畢竟是睡過同個寢室的交情。

她的策劃小組現在是獨立於公司部門之外的，由她一個人單獨負責，組內成員直接跟她對接，不受限於公司制度。

這個小組被公司員工戲稱為御書房。

其實雛形就是當年許摘星策劃《來我家做客吧》時成立的綜藝策劃小組，在這之後她又帶著他們策劃了其他綜藝，大家也習慣了許摘星的風格，能力很強又配合默契，於是許摘星乾脆直接單獨成立了這個部門，主推綜藝。

前不久辰星向H國購買了一檔綜藝的版權，現在許摘星要去其糟粕，讓它更符合國情。有綜藝模型，只是需要改進，這可比原創一個綜藝簡單得多，周悅和白霏霏也正好有時間適應工作節奏，都充滿了鬥志。

半個月之後，完整的綜藝策劃就做出來了。

許延是很看好這個案子的，不然也不會花高價購買版權。許摘星剛把策劃拿過來，人都還沒走，許延就說：「明天開始擬邀嘉賓吧，給各大經紀公司的邀請函也可以發過去了。」

許摘星一愣，頭一次跟他意見相悖：「再等等吧。」

許延挑眉：「等什麼？」

她沉默了片刻才說：「等中天的練習生回國。」

許延看了她好一陣子，在沙發坐下來：「妳知道，中天的練習生在接受兩年培訓之後，實力是我們比不上的吧？」

許摘星垂了下眸：「我知道。」

許延繼續道：「那妳也知道，這個綜藝主要還是為了推出我們自己的練習生。如果邀請了中天歸國的那群練習生，實力差距太大，就算是暗箱操作，我們也不可能強捧。畢竟觀眾的眼睛是雪亮的，妳是打算把我們策劃的C位讓給中天的人？」

許摘星抬頭看著他的眼睛，語氣冷靜：「就一個。」

許延沉默半晌，突然笑了。

他似乎有點無奈，搖了下頭，嘆著氣問：「妳還沒放棄岑風呢？」

許摘星也笑了一下，她說：「嗯啊。」

怎麼可能放棄呢。

那是她一生的光啊。

迎春花開滿B市的大街小巷時，中天在外培訓的三十名練習生終於回國。圈內都在等中天的大動作，猜測著他們會推出什麼樣的男團，是否會來勢洶洶收割市場。

結果中天的大動作沒等到，先等來了辰星的。

辰星重磅推出《少年偶像》大型練習生選秀節目，無論你是個人練習生還是所屬其他經紀公司，無論你練習時長是三天還是三年，無論你年齡大小，是素人還是明星，只要你覺得你可以站上舞臺，那麼歡迎你來參加。

出道資格全權交由觀眾來選擇，最終投票數最多的前九名練習生將成團出道，辰星會在限定團的一年時間內力所能及地給予資源和宣傳。

《少年偶像》由辰星娛樂和樂娛影視聯合製作，樂娛會開闢專門的投票通道以及比賽花絮，不僅可以看到臺前，還能直播幕後。

辰星這幾年綜藝做得熱火朝天，屬於出一個紅一個的狀態，帶動了整個內陸的綜藝市場。連觀眾都知道說：辰星出品，必屬精品。

少偶消息一出，圈內震動了。

大家都是各家推各家的團，怎麼你們不僅不推自己的，還搞起了別人的呢？雖然早知國外有這種類型的選秀，可當拿到內娛來時，仍讓人覺得不可思議和新奇。

策劃案確定後，辰星官方帳號發了一則動態：

——@辰星娛樂：『百名練習生集結，為夢想一戰。誰會是你心中的C位？誰將獲得你的青睞？定製偶像由你選擇。九名出道位虛席以待，敬請期待《少年偶像》。』

下面配了一張介紹選秀比賽內容的圖片。

除去百名練習生外，辰星已經邀請了四名導師和一名執行人。

四名導師分別是內陸民謠第一人的唱作歌手時臨，臺灣性感火辣的鐵肺歌后姚笙，國內 rap 圈非常有名的 rapper 褚信陽，在H國出道後又回國發展的人氣唱跳偶像寧思樂。

《少年偶像》執行人，趙津津。

這五位嘉賓在各自的領域都極具熱度，實力強悍，從唱歌到跳舞到 rap 到臺風都囊括在內，足夠全面。

辰星官方消息一出，各家行銷號都紛紛熱議起來，#辰星 少年偶像#很快就上了熱搜第一名。

這個選秀形式新穎，跟國內眾多的選秀比賽都不一樣。雖然大家都在追偶像愛豆，但真正從練習生時期就開始關注的還是少數，練習生這個詞第一次這麼大規模的正式進入觀眾的視野，足夠令人好奇。

再加上這又是辰星自製的綜藝，辰星綜藝有口皆碑，以往的綜藝看點笑點淚點都有，剪輯流暢內容有趣，嘉賓和導演都特別有梗。

熱搜留言裡清一色都是期待，嗷嗷嚎著終於又有新綜藝看了。

各家經紀公司也十分心動，就算自家的練習生不能出道，但能去辰星的綜藝裡走一遭，露露臉也好啊。

於是在收到辰星遞來的邀請函時，各家公司都沒有拒絕，紛紛挑選合適的練習生去辰星面試。

只有中天不大願意。

中天近幾年式微，老本吃不了多久，一直在摸索新的形式，他們的主攻方向在愛豆模式上，相對於國內其他公司來說練習生制度已經十分成熟。何況去培訓的練習生現在回國了，隨便一個實力都足夠強悍，他們有自己的成團計畫，不打算去攪辰星那趟渾水。

而且一旦參加比賽，就必須跟辰星簽約，限定團的經紀約在辰星手裡，他們培訓了兩年的人跑去給對家公司賺錢，圖什麼啊，自己又不是紅不了。

不過中天倒也沒有直接拒絕，而是從沒去H國培訓過的練習生裡挑一挑選一選，把名單遞過去了。這些我們沒把握捧紅的，就讓你幫我們捧一捧吧。

許延一看名單就知道中天打的是什麼主意。

家裡這位小許董做了這麼多，可不是為了這些連名字都沒聽過的人。他嘆著氣打電話給中天的高層。

隨著辰星的崛起，兩家公司早不似當年那樣劍拔弩張，平時該合作合作，該聚餐聚餐，稱兄道弟，面子上非常和氣。

電話一接通那頭就笑著道：『喲，許總，什麼事勞駕你親自打電話給我啊？』

許延也不跟他拐彎抹角了，直接笑問：「老陳，不把你們那三十名練習生送過來玩一玩嗎？都還是素人，這種露臉的機會很難得。」

那頭敷衍笑了兩聲：『那麼多公司都送人去了，我們就不來湊這個熱鬧了。』

許延笑道：「老陳，這就是你們不厚道了。你要不然就一個也別送，你現在把優生全藏起來，送了一群差生過來，我也不能要啊。」

對方也是沒想到許延這麼直接，尷尬得接不上話。

許延說：「這樣，打個商量，最少送一個過來。要不到時候節目播出，一個中天的練習生都沒有，也不好看你說是不是？」

對方一想，好像也是這麼個理。

可真的要把花大價錢培養了兩年的練習生送去吧，又不甘心，既不想得罪辰星，又……不對！

他一下子想到什麼，聲音頓時都高興了：『行行行，我送一個過去給你！』

許延挑了下眉，沒想到對方這麼好說話，又確定了一次，對方一再保證，絕對是那三十中的一個，許延才放心地掛了電話。

這頭一掛，那掛就迅速聯絡了溫亭亭。

溫亭亭接到通知有點驚訝：「讓岑風去參加辰星的選秀？」

高管道：『對，他不是不願意出道嗎，留著也沒用，去參加少偶還能有點價值，辰星那邊也好交代。』

溫亭亭有點不情願：「岑風是態度有問題，可他的實力是最強的一個，就這麼便宜了辰星？」

高管跟她爸爸熟，算是長輩，當即斥責她：『實力強有什麼用，妳能逼著他跳逼著他出道嗎？亭亭啊，不是我說妳，妳原本就知道他態度有問題，當初就不該把他選去培訓，白白浪費一個名額！辰星現在非要人，不讓他去，難道讓我們的好苗子過去嗎？那才叫便宜了辰星！行了這事就這麼定了，妳儘快安排。』

都這麼說了，溫亭亭再不情願也只能應了。

岑風很快收到要去辰星參加選秀的通知，這次他倒是很平靜地就接受了。

他的合約還有三年才到期，公司的任何安排都要服從。而且這種選秀節目很看實力和人氣，只要他不願意，很快就會被淘汰，去一趟也無關緊要，不必因為這種事跟上層爭論。

不過聽說去了又是集訓式管理，在這之前，他要去見見女孩。

回國之後公司事情太多，他一直抽不出時間，只是補辦了電話卡後傳了一則簡訊給許摘星，告訴她他回來了。

很快就收到她的回覆，她說：『哥哥，歡迎回來！』

兩年時間，他本來以為會和女孩漸漸斷了聯絡，沒想到她總是隔幾個月就會傳一則私訊給他。

冬天的時候跟他說哥哥注意保暖呀，夏天的時候跟他說哥哥注意防暑呀，一年四季，總有那麼一、兩則私訊提醒著他，她沒有忘記他。

他第一次有了一種，被人惦念的感覺。

節目錄製進組是三天之後，從分部回宿舍的路上，他撥通了許摘星的電話。兩聲之後，電話接通，聽筒裡傳來她壓抑著激動的聲音：『哥哥！』

久違的聲音。

他笑起來：「在忙嗎？」

許摘星急急道：『不忙不忙！我超閒的！』

岑風說：「那見面吧。」

地方就定在他以前賣唱的那片夜市。自從那一年離開後，他就沒有再去過，幾年過去，許多攤販和商鋪都換了人家，但他賣唱的那個位置後面的雜貨鋪居然還在。

他一去，女店主就認出了他，帥的人總是讓人記憶深刻。

她欣喜道：「欸是你啊！好多年沒見過你了。」

岑風禮貌地朝她笑了笑：「是。」

女店主驚嘆連連，又問了幾句閒話，突然想到什麼，一拍腦門道：「對了，當年送糖給你的那個小女生……」

岑風看過去：「嗯？」

女店主抱歉一笑：「先跟你說句對不起啊，當時你不是跟我說，不要告訴她你來過嗎？但是後來我看她實在是太傷心了，都快哭了，實在不忍心，就跟她說了實話，你別介意啊。」

岑風愣了一下，想到自己一直放在盒子裡的那顆紅色糖紙的糖。

原來她知道。

但後來那麼多次見面，她從來沒提過這件事。她好像一點也不介意他那時不近人情的冷漠。

岑風朝女店主笑了下：「不介意，謝謝妳。」

女店主又跟他聊了幾句，直到店內來客人才趕緊回去了。岑風就站在以前賣唱的地方，看著街口的方向。

十幾分鐘後，許摘星的身影出現在他的視線。

夜市擁擠，車子開不進來，她在街口就下了車，然後一路小跑著過來。

正值春暖花開的時節，她穿了件杏色的薄款毛衣，格子短裙下一雙修長的腿，及肩長髮淩亂地散在肩頭，隨著她的飛奔朝後飛揚。

她一路跑近，在街對面停下來等紅綠燈，跟他只隔著一道斑馬線，不過十公尺的距離，她著急張望，然後在下一秒看到了他。

岑風不太能看清她的表情，只是看見她抬手揉了一下眼睛。

等綠燈亮起時，她飛奔而來。

他走上前去，遠遠就聽到她喊：「哥哥！」

她長高了一些，臉上的嬰兒肥也沒了，五官已經徹底褪去青澀，化作了少女俏麗的模樣。穿得也很漂亮，不像以前那樣穿得像個初中生了。

只是眼睛還是一如既往的亮，充滿了他熟悉的光芒。頭髮上別著那枚他走之前送她的櫻桃髮夾，成色依舊新。

岑風笑起來：「好久不見。」

許摘星在來的路上已經做足了心理準備，剛才在街對面也偷偷抹完了淚，她堅定地以為她可以冷靜地面對愛豆了，可聽到他這句「好久不見」，眼淚還是完全不受控制地飆了出來。

岑風一愣，下意識想拿衛生紙給她，卻又想起自己今天沒有帶，只能低聲問：「怎麼了？」

許摘星邊哭邊說：「哥哥我沒事，我只是有點激動，我……我們家遺傳淚腺發達，有事沒事就要哭一哭，你不用管我嗚嗚嗚，我很快就好了嗚嗚嗚。」

岑風：「……」

他忍不住想笑，本來以為的兩年未見的生疏感絲毫沒有出現。

她還是和以前一模一樣。

許摘星哭得快收得也快，哭完了趕緊從包裡掏出紙巾擦擦眼睛，又背過身揩揩鼻涕，然後轉過來緊張兮兮地問他：「哥哥，我妝花了嗎？」

她今天抹了點大地色的眼影，塗了睫毛膏，本來就漂亮的眼睛被修飾得更加深邃明亮，現在這一哭，眼影糊得四周都是，看上去可憐兮兮的。

岑風其實看見了，可不知道出於什麼心態，他淡定地說：「沒有。」

許摘星毫不懷疑地信了，心裡還想，這個牌子的眼影和睫毛膏還蠻防水的嘛。

她興高采烈：「哥哥，我們去買飲料吧！」

岑風忍著笑說好。

時隔兩年後的第一次見面，一切都如舊，彷彿他從未離開過。

夜市熱鬧非凡，岑風以前並不喜歡吵鬧的環境，可當許摘星跟在身邊蹦蹦跳跳買這買那看上去無比開心時，他也覺得這地方還不錯。

一直逛到九點多，岑風才送她去搭車。

等她依依不捨地坐上車後，他才跟她說：「過幾天我要去參加一個節目，短時間不能跟妳聯絡，有什麼事可以先留言。」

許摘星已經知道他要去參加《少年偶像》的事，心裡面開心極了，但面上不做表露，乖巧地點了下頭。

岑風朝她笑了笑：「回去吧，下次見，」

三天之後，《少年偶像》正式開始錄製。

岑風隨便收拾了幾件衣服，帶著自己的模型和零件，前往錄製營地。

第十九章　少年偶像

B市的天氣已經逐漸回暖，但早晚還是帶了些寒意，空氣中有冰涼的霧氣。

錄製營地在文娛區那一塊的大場館裡，公司安排了車送要參加節目的練習生過去。除去岑風外，還有另外三個練習生這次也入選了，都特別興奮又期待，早早就在合排舞臺。

得知岑風會跟他們一起上節目時，三個人都挺意外的。畢竟他的怪異在中天眾所周知，而且岑風的實力又強，跟他一起表演時視線肯定都在他身上，三個人都沒提邀請他一起排練的事。

巴士內三個人坐在前面興奮地聊天，岑風坐在後面睡覺，直到車停下來，他才慢騰騰把帽子戴好，然後拿著行李箱一言不發地下車。

場館外的空地上已經聚集了各個公司來的練習生，有已經在公司成團的組合，也有個人，大多數都才剛成年，所有人都熱情洋溢，偶爾流露的眼神裡充滿了期待和野心。

負責接待的工作人員拿了個大喇叭站在旁邊的傘棚下面，喊新到的練習生過來簽到。

岑風拖著行李走過去，剛走近，就有個男生風風火火地衝了過來，跑得太快沒刹住車，撞了他的左肩。

岑風往旁邊挪了兩步，那男生氣喘吁吁地抱歉道：「兄弟，不好意思啊！」又問工作人員：「是在這簽到嗎？」

工作人員把簽到本和筆遞過來過來：「對。」

那男生轉頭看了岑風一眼，岑風說：「你先。」

他咧嘴一笑，露出白晃晃一排牙齒，埋頭就寫。他速度很快，不到三十秒就填完了，把筆交給岑風。

岑風接過之後道了聲謝，俯身填資訊。姓名、年齡、練習時長、所屬經紀公司、是否出道、所屬組合這些都在表格上，需要如實填寫。

岑風看到那男生填在上一欄裡的資訊除了名字和年齡外，後面全是「無」。

填完自己的資料，他把簽到本還給工作人員。距離集合入場還有半個多小時，他朝四周看了看，打算找個人少的角落待一待，剛走了兩步，剛才那男生就跟了過來，特別自來熟地問他：「兄弟，你也是一個人嗎？」

岑風略點了下頭。

他像遇到了親人一樣，興奮道：「我也是！我們搭個伴吧！這些人好像都互相認識，我們落單的也要團結！」

說完不等岑風點頭，非常熱情地把手臂搭他肩上：「我叫周明昱，你叫什麼？」

岑風一側身，躲開了他的勾肩搭背，帽簷下的眼睛冷冷掃了他一眼。

周明昱猶不自知，還一副傻樂的樣子，一路跟著他走到了鋪滿落葉的臺階處。看岑風坐下了，他也一屁股坐在他身邊，撐著腦袋問：「兄弟，你叫什麼啊？你有經紀公司嗎？我沒有，我什麼都不會，也沒當過練習生，就是對你們練習生特別好奇，想來看看。」

他頓了一下，不無憂傷地嘆了聲氣：「我喜歡的女生就喜歡練習生，你說跟我有什麼不同？我剛才看了一圈，有些還沒我長得帥呢。」

岑風：「……」

他發現這個人就算不理他，他也可以自言自語說一天。

周明昱說了半天，岑風連他住的地方養了隻大金毛都知道了，末了他熱情地問：「對了，你到底叫什麼啊？」

不遠處工作人員拿著大聲公喊：「所有練習生，到這裡集合。」

岑風站起身，拍了拍褲子上的灰。抬頭看見周明昱還一臉期待地等著，終於淡聲道：「岑風。」

說完，拖著行李朝集合的方向走去。

周明昱如遭雷擊，一動也不動站在原地，全然沒了剛才的活力，傻愣愣地盯著岑風越走越遠的背影。

岑風……

他就是岑風！

這個毀了他曠世奇戀的情敵！

奪妻之仇不共戴天！

周明昱憤懣地跺了下腳，提著行李走了過去。岑風站在後排，餘光瞄見話癆男生走了過來，還以為他又要喋喋不休，結果他只是往側後方一站，再也沒說話了。

百名練習生到齊，負責人拿著大聲公道：「歡迎大家來到《少年偶像》錄製營地，接下來的三個月，你們將接受封閉式的訓練和表演，等一下我們會先進到場館，完成第一輪的等級評定，祝大家好運。來，列隊排好，跟我進去。」

旁邊的攝影機已經開始拍攝取素材了。

現場一片鼓掌歡呼，你推我讓地排好隊，吵吵鬧鬧跟著負責人往裡走。

表演場館在正中間，從門口走進去大概走了十分鐘才到。場館設計得很大氣，以前很多室內綜藝都在這裡錄製，這次被辰星包了下來，整個場地都貼上了《少年偶像》的logo。

進去之後，行李統一放在置物間，然後按照所屬公司的不同分了單獨的休息間給練習生。岑風跟中天的另外三名練習生分在一起。休息間裡放著贊助的產品和節目的宣傳架，角落裡有隱蔽的攝影機。不過大家都知道有攝影機，只是不知道在哪。

有些性格活躍的一進房間就開始找攝影機玩，有些內斂地則坐在沙發上東看看地看看，安靜等待。

岑風進去之後往沙發一坐就沒抬頭了，帽簷往下按，連臉都看不清。另外三個人看了他兩眼，對視時眼裡都一個訊息：還是那個德行。

他們在房間看了一圈，跟岑風隔著兩個空位坐了下來，開始低聲聊天。

「你們說這次誰能站上C位啊？」

「辰星的吧，他們自己的節目肯定推自己的練習生啊，鏡頭肯定都會多給的。」

「不一定，萬一有實力更強的，觀眾還是看實力買帳。」

「九個名額呢，我不求C位了，給我第九名就好。」

「做你的春秋大夢去，剛才在外面你沒看見Cool嗎？人家七個人都上過好多節目，舞臺經驗豐富，還有粉絲基礎，光是Cool都要占七個名額。」

「我還看見邊奇和伏興言了！這種大佬自己solo出道不好嗎，為什麼還要來這！」

「這可是辰星耶！你不想來嗎？」

三個人說著說著，往旁邊看了一眼。

岑風埋著頭像在睡覺。

他們的聲音壓得更低：「這位不也是，性格雖然怪，但實力拿出去也是吊打一片的好嘛。」

在休息間待了二十多分鐘，就有工作人員陸續來各個房間帶人準備入場。

為了公平起見，入場的順序是由練習生自行抽籤決定的，岑風抽到了六十九，另外三個抽到了三十三。

入場通道外有一間大屋子，號碼靠前的練習生都在這裡等待入場。入場之前要先自行評定等級，共ABCDF五個等級。

比較自信的就拿個AB，不自信的就拿個CD，對自己認知清晰或者非常謙虛的就拿個F，周明昱排在第十位出場，幫自己拿了個F。

從進入場地開始，各方位的攝影機就開拍了。雖然是辰星自製的選秀，但拍攝團隊和導演團隊還是對接的圈內專業人員，屬於外包性質，只不過由辰星統籌。

總導演錄製間內，許摘星端著一碗泡麵，看著機器畫面上熟悉的臉，差點一口泡麵湯噴了出來。

她驚恐地指著機器：「誰把他選進來的？」

御書房的組長看了看畫面上那個叫周明昱的男生，「面試組吧？怎麼了？」

許摘星：我要殺了周明昱。

許摘星痛心疾首：「把他淘汰掉！」

組長為難地說：「這個我們說了不算，是要等節目播出後觀眾投票的。」

許摘星真的差點一口血噴出來，她拍拍心口順了順氣，跟尤桃說：「妳找人把他叫到外面來。」

尤桃點點頭。

許摘星放下泡麵出去等了一下，周明昱就一臉莫名其妙地出現在她的視線。自從高中畢業後，兩人見面的次數屈指可數，只有每年寒假回家了會在程佑的安排下聚一聚。

周明昱雖然也在B市上大學，但兩人隔得遠，偶爾傳訊息，也不過是你問我答一些日常問候，基本沒有深入交流。

辰星明面上的老總是許延，許摘星是辰星大小姐這件事，高中同學裡只有程佑知道。

周明昱這個憨憨到底跑來幹什麼的？她居然一點風聲都沒收到！

一看到許摘星，周明昱也是一副見鬼了的神情。他還哼著等一下要唱的歌等著入場呢，突然被工作人員叫出來，也是滿頭問號。

兩人視線相撞，周明昱頓時大喊：「妳怎麼在這？」

許摘星瞪著他：「我還想問你呢！你來這幹什麼！你是練習生嗎？你會唱歌跳舞嗎？你不好好上你的學，搗什麼亂！」

周明昱有種自己被鄙視的憤怒：「我怎麼不能來？那海報不是寫了沒有任何限制，只要敢站上舞臺就可以來嗎！我就敢！」

許摘星：「……」

周明昱一副看透她的幽怨表情：「我知道岑風也來了，妳是來找他的對不對？妳以前明明說過就算不跟我在一起也不會跟他在一起，妳撒謊！」

許摘星：「……你閉嘴。」

為什麼幾年過去了，中二少年不僅沒有成長半分，還越來越中二了。

周明昱不依不饒：「難道不是嗎！」

許摘星：「……不是！」她咬著牙克制打爆他腦袋的衝動：「我是節目組請來的服化師！」

周明昱一愣，反應過來了：「程佑說妳的實習就是這個啊？」他頓時有點高興，「那我們接下來是不是可以經常見面了？」

「見你爹！」許摘星罵他：「你下一期就會被淘汰！」

周明昱自信爆棚：「那是妳沒有聽過我唱歌。」

許摘星揮了下手：「行了行了行了你走吧。」她想起什麼，又趕緊道：「警告你啊，不准在岑風面前胡說八道，你敢多說一個字你就死定了！」

周明昱又拿鼻孔看她：「哼，我才不跟他說話呢！」

許摘星：「……你最好是。」

她回到總錄製間，畫面裡第九位練習生已經在準備入場了。

每一位練習生入場，大螢幕上都會介紹他們來自哪個經紀公司，輪到周明昱的時候，螢幕上顯示的是「個人練習生」。

一般敢做個人練習生不背靠公司的都屬於實力比較強悍的，比如之前提到的邊奇和伏興言。他們都參加過其他選秀，有一定的粉絲基礎和被認可的實力，在練習生圈內很有名。

然而周明昱這個名字卻是第一次聽說，是從哪裡殺出來的黑馬嗎？

已經入場和在外面看轉播的練習生們都認真地看著高高帥帥陽光自信的少年從通道裡走出來，走上了舞臺。

他的五官確實長得好，當年校草的稱號不是白來的，要不是這張臉，也不會在什麼都不會的情況下被面試組選進來。

而且他身上有種「不管在哪我就是最帥的那個」的自信，往舞臺一站，半點緊張感都沒有，非常瀟灑地自我介紹：「大家好，我叫周明昱，是一名大三在讀生，科系是資訊工程管理，謝謝。」

鞠了個躬，踩著六親不認的步伐，下去了。

練習生們：「……」

選位子的時候也完全沒在意排名，看中間那排有人，聊天比較方便，蹭過去坐下了，翹著二郎腿熱情地跟兩邊的練習生們打了個招呼。

旁邊的忍不住問他：「你當了多久的練習生啦？」

畢竟一般練習生都沒機會上大學的。

結果周明昱說：「我沒當過練習生啊。」

旁邊的人都驚呆了：「那你來做什麼？」

周明昱比他們更震驚：「怎麼你們都這麼問？難道是我看錯海報了？不是寫了只要敢站上舞臺就可以來嗎？」

旁邊的人面面相覷不說話。

話是這麼說沒錯……

周明昱左看右看，頓時有點緊張：「我不會真的來錯地方了吧？那我現在走還來得及嗎？」

跟他搭話的少年噗哧笑了：「沒有沒有，你好好待著吧，你太有趣了。」

練習生們都戴了麥，聊天都被收音了，導演指著畫面上的周明昱說：「這個選手天生帶梗，可以重點關注一下。」

接下來就是練習生們陸續入場，稍有名氣的一進場所有人都會歡呼，大公司來的也會歡呼，比如辰星和中天。他們看辰星練習生的眼神，已經是看出道位的眼神了。

辰星這次推了自己的一個九人團，是去年公司內部成立的團，還沒正式出道，實力在辰星是最強的。雖然這一次不可能九個人都出道，但上位圈三四個位子應該沒問題。

作為東道主的孩子，丟什麼都不能丟氣勢，C位兼隊長的應栩澤帶著八個弟弟雄赳赳氣昂昂走上舞臺，唰一下鞠躬，又唰一下起身，最後聲音洪亮齊聲喊：「大家好，我們是來自辰星娛樂的K-night！」

全場非常給面子的鼓掌。

他們給自己的評定都是B，不過分驕傲，也不過分謙虛，精神氣十足，狀態非常好。許摘星在錄製間看著，滿意地點點頭。

長臉，加雞腿。

輪到中天的時候，場內場外又是一陣起鬨。

中天的三個成員走上舞臺，中氣十足地鞠躬，打招呼，自我介紹，雖然只有三個人，但是不輸辰星的氣勢。

中天畢竟是國內練習生制度的鼻祖，就算這三個人沒有被選進「資優班」去H國培訓，在國內也是能拿得出手的練習生，不比其他人弱多少。

三個人看了看臺下的空位子，坐在了微微靠後的地方，剛好就在周明昱後面。

他們一坐下，旁邊的練習生就友好地打招呼。大家對中天都有種小弟看大佬的崇拜，好奇地問：「你們是剛從H國回來的嗎？」

三個人表情有點尷尬，為首的史良笑笑道：「我們沒去培訓。」

周圍人恍然大悟，但也沒有因此而輕視，又繼續問：「那你們這次有資優班的練習生過來嗎？」

史良知道聊天麥克風都會收音，倒是沒有多說什麼：「有一個，他在後面出場。」

眾人一聽都特別期待。

那可是正經八百從中天百名練習生中脫穎而出，去H國接受了兩年的練習生啊！想想就覺得好厲害，實力肯定吊打在場的所有人！

周明昱耳聽八方，一直輕鬆的神情頓時有點不自在。他上高中的時候就關注了岑風的社群，當然知道岑風是中天的練習生。

今天在現場見到了岑風，聽他們這麼一說，當即就明白那唯一一個資優班的人指的就是岑風。

哼，資優班有什麼驕傲的，他還是明星大學的呢！他倒要看看，能有多厲害！

一個多小時後，大螢幕上再次出現了中天娛樂的名字。

進場的幾十號人現在都知道出場的這位是中天資優班的，翹首以盼想見識大佬真面目。

隨著bgm停下，通道口有身影漸漸走出來。

練習生們進場前都化了妝做了造型，畢竟等一下還要表演，滿場都亮閃閃的，用「爭奇鬥豔」來形容也不為過，可現在站在臺上的少年卻只穿了件簡單的黑色T恤配運動褲。

他進場前才把帽子取下來，頭髮微微淩亂，沒有化妝，眸色很淡。可鏡頭裡的五官帥到沒有一點瑕疵，刀裁墨畫的一張臉，多一分太厲，少一分太淡，不多不少剛剛合適。身材比例也好，腿長腰窄肩寬，身線漂亮，氣質冷漠，往那一站什麼都不用做，就足夠吸引全場目光。

許延第一次見到岑風時，曾評價他：在充滿煙火氣息的喧鬧俗世中，唯他所立之地不似人間。

全場歡呼。

「我靠這也太帥了吧！不愧是資優班的人！」

「我要彎了！我可以彎嗎？」

「……你清醒一點！你是要做愛豆的人！」

「我不配來這個節目！」

周明昱看著大螢幕上被放大卻依舊漂亮的臉孔，內心默默酸了一下。

居然長得這麼帥，哼！

不管場下場外如何騷動，岑風的表情自始至終很平靜，燈光映著他冷漠的瞳孔，一點情緒都沒有。

他只自我介紹了一句話：「我是岑風，中天娛樂練習生。」

然後就走下了舞臺，坐在第一排最旁邊的位子。

場內議論不停：

「他好酷！我要pick他！」

「有理由懷疑他坐那裡是為了少走幾步路。」

「人與人之間的差距為什麼這麼大！」

「好想看看他的舞臺啊。」

「快了快了，等一下評級就能看到了！」

兩個小時後，一百名練習生全部入場完畢，烏泱泱坐滿了整個場子，只有第一排的導師席位還空著。

大家正興奮地聊著天，全場燈光突然熄滅，緊接著舞臺入口處打起一束追光，BGM傳出一段激烈的鼓點，是導師要入場了。

練習生們全部站起身鼓掌歡呼，隨著鼓點停止，趙津津第一個走了出來。

她作為執行人，也充當了主持人的角色，雖然對於唱跳這一塊不熟，但畢竟人氣旺粉絲多，去年拍的電影還被提名了最佳女主角，咖位也高，由她來當執行人，有利於拉高節目的檔次。

當然也因為這檔節目是辰星的，肥水不流外人田嘛。

她一出場，全場高呼「女神」，從國民初戀到國民女神，趙津津現在已經泰然自若了，非常鎮定地抬了抬手，示意大家坐下。

練習生們乖乖坐好。

她拿著麥克風先把官方致辭說了：「少年偶像們，我是你們的執行人趙津津，從今天起，我將和你們一起度過接下來的三個月。希望每一名偶像，都能在這個舞臺上發光發熱。希望你們流的每一滴汗，都能得到回報。」

全場報以熱烈的掌聲。

說完了臺本，她才一改之前的嚴肅，俏皮地朝鏡頭wink了一下：「我看到有不少人都在問我，趙津津妳既不會唱又不會跳，去少偶做什麼？」她頓了頓，手指緩緩掃過場下一百名少年，「現在明白了吧？我就是來看帥哥的。」

大家哄然大笑。

調節了幾句氣氛，她才又道：「那麼接下來，讓我們歡迎四名導師。」

鏡頭和燈光打過去，四名導師相繼入場。人氣唱跳偶像寧思樂走在第一個，他年齡不大，也才二十多歲，但是十七歲就在H國出道，無論人氣還是實力都很強，現在算得上是國內大流量之一。

走在第二位的是辰星的唱作歌手時臨，他的單曲年年拿獎，大街小巷播的都是他唱的民謠。他的性格比較內斂，一開口就能讓人安靜下來。

接著是來自臺灣的鐵肺歌后姚笙，以性感火辣的形象著稱。自從之前參加了辰星的《來我家做客吧》第一期，她在大陸被更多的人熟知，每年都會來內地開演唱會，臺風很好。這次辰星邀請她當導師，她二話不說就同意了。

最後一名不太被觀眾熟知，畢竟 rap 在國內還算比較小眾，不過褚信陽這個名字不管是放在國內的 rap 圈還是國外的 rap 圈，都有不小的分量。

練習生們的手都快拍紅了。

很多練習生這些年一直在公司悶頭訓練，還是第一次見到這麼多活生生的大明星，都興奮到不行。

四位導師站在舞臺上一一打了招呼，然後坐到了導師席。

趙津津拿著手卡看了流程一眼，接著道：「《少年偶像》一百名練習生全部集結完畢，四位導師均已到場，第一輪評級即將開始，你們準備好了嗎？」

全場大吼：「準備好了！」

趙津津笑道：「看來都很有自信，那接下來，期待你們的表演。」

她走完流程，走回導師席的中間位子坐下，寧思樂和褚信陽的性格比較外向，已經聊上了。寧思樂拿過麥克風轉身看了看身後不無興奮地練習生們，笑著問：「誰想第一個來？」

這話一問，剛才還鬧騰的練習生們紛紛低下頭去，避免視線交匯。

寧思樂說：「怎麼有種我變成了班導師準備點名抽人上來做題目的感覺？」

褚信陽招著手即興饒舌：「都給我自信一點，舞臺交給你來演，夢想都一一實現，耶！」

在場的人都笑起來，姚笙拿著資料翻了翻：「沒人主動上來的話，我就點名囉。」

話剛落，周明昱就站起來了，中氣十足地說：「我來！」

不知內情的練習生們都敬佩地看著他。

姚笙哇哦了一聲：「有勇氣，讓我們給這位選手鼓掌。」

周明昱氣勢磅礡地走下來，走到舞臺上。他的顏值在眾多練習生中算優等，而且從頭到腳散發著自信的氣息，幾位導師眼前一亮，覺得這名練習生肯定能給他們驚喜。

他先做了自我介紹，聽到他說他是大三的學生，時臨插嘴問了一句：「哪個學校？」

周明昱報了學校的名字，大家一聽還是不錯的學校，頓時肅然起敬。一邊上學一邊練習，還考上了明星大學，這來的是什麼學霸嗎！

全場滿心期待地等著他驚豔絕倫的表演，結果周明昱用全程跑調的聲音唱了一首劉德華的《中國人》。

導師：「……」

練習生：「……」

鏡頭給到時臨身上，大家看到他面無表情地取下了耳麥。等周明昱一唱完，全場愣是靜默了十秒鐘沒人說話。

最後還是姚笙忍著笑問：「周明昱同學，你清楚自己唱歌的水準嗎？」

周明昱小小的臉上充滿了大大的疑惑：「不好聽嗎？」

好的，看來是不知道了。

周明昱的評級幾乎不需要討論就出來了。四位導師加執行人都給了F，非常符合他剛才給自己拿的那個標籤。

他對此一點也不失望，表演完了，高高興興下去了。

有了這麼個憨憨開場，大家都覺得，怕什麼啊，再差還能差過他嗎？都給我上。

於是現場變得積極起來。

在後臺目睹這一切的許摘星：「……」

太丟人了。

千萬不能讓別人知道她和這個憨憨是高中同學，甚至差點變成了初戀。

總導演倒是對周明昱很感興趣，一直讓攝影師多給鏡頭，畢竟綜藝需要梗和看點。反倒是之前出場時因為顏值震驚整個錄製間的岑風，不怎麼有鏡頭了。

許摘星看了好一陣子，忍不住問：「黃導，剛才那個全場最帥的中天練習生，不多給點鏡頭嗎？觀眾喜歡看帥哥呀。」

黃導說：「一直埋著頭，冷著臉話也不說，給什麼鏡頭。」

許摘星：「……」

嗚嗚嗚。

雖然是自家的綜藝，可跟導演團隊簽協議時說好了不干涉節目錄製，許摘星也不能按頭導演多拍愛豆，只能在心裡默默想，等一下看到哥哥的舞臺有多厲害，嚇死你們！

等積極的這一批練習生表演結束，百人已經過大半了，但拿到A等級的只有八個人，B等級也不多，大多都是CD，跟周明昱作伴的F也不少。

中天的三個人都是C，辰星的K-night有兩個A，兩個B，四個C一個D，許摘星對此還是很滿意的，第一場表演嘛，總會有些小緊張和小失誤，問題不大。

沒人再主動上臺來，導師就拿著名單開始隨機點名了。

其實一般有實力很信心的，都會主動上去，現在留下的這些，要麼是過於內向，要麼是實力一般，導師看了一圈心裡也有數，突然看到名冊上還有個來自中天的練習生還沒表演。

而且後面的備註寫著，是中天出國培訓的那一批練習生中的一個。

這件事圈內大多都知道，寧思樂本身就是在H國出道，對這個去H國培訓了兩年的練習生頓時感興趣起來，拿起麥克風道：「看到有一個跟我有一點點關係的選手，我們都經歷過相似的異國練習生涯，比較想看他的舞臺。來自中天娛樂的，岑風。」

現場頓時一片歡呼鼓掌。

坐在岑風旁邊的練習生一直不敢跟他搭話，他身上那種冷冽的氣質太嚇人了，這時候才鼓起勇氣說了句：「到你了！加油啊！」

岑風垂眸起身，面無表情走上舞臺。

練習生們已經接受過顏值衝擊，還是忍不住全場譁然。幾位導師卻是第一次見，都紛紛吸了口氣，心裡同時給了初印象評價：全場最帥。

而且看介紹也知道實力必然強悍。

褚信陽率先拿起麥克風，打趣道：「有時候老天造人真的很不公平，顏值和實力都給了同一個人。」

寧思樂說：「信陽老師不要嫉妒，你其實也很帥。」

褚信陽：「你把其實去掉我可能會高興點。」

大家都笑了，趙津津看著臺上面容淡漠的少年，記憶很快被喚醒。這不是之前大小姐想撬牆角沒撬動的那個人嗎？

嘖，最後還是落到了辰星手裡。

岑風已經開始自我介紹。

他的嗓音很淡，說話聲伴著微微的電流傳出來，有種低微的沉，是很適合唱歌的嗓音。時臨聽著他說話，都不自覺坐直了身子，按了按耳麥。

他的自我介紹很簡潔，只有名字和經紀公司，這也是規定必須要介紹的內容，除此之外。多一個字都沒有。

幾位導師的耳麥裡都收到導演讓多聊幾句的提示，趙津津開口道：「我問一下，你練習時長有多久了？」

岑風淡然道：「七年。」

現場又是一陣驚呼。

七年練習，說出口只是四個字，可其中艱難，只有經歷過的人才會有體會。寧思樂同為練習生出道，最有感觸，忍不住道：「很辛苦吧？想過放棄嗎？」

他這麼問，其實給足了選手發揮的空間，當節目播出時，還可以憑此虐一波粉。

可岑風完全沒接梗，他只淡聲說了兩個字：「還好。」

姚笙忍不住噗哧笑了：「看來我們岑風同學是屬於人狠話不多的類型，我已經很期待你的舞臺了，請準備。」

大家都一副拭目以待的模樣，可他們預想中炸裂的唱跳舞臺根本沒有出現。岑風用刻意壓低的嗓音，唱了一首完全不適合他的慢歌。

他沒有走調，沒有破音，沒有使用任何唱歌技巧，就那麼平平淡淡，中規中矩地，唱了一首歌。

時臨聽得直皺眉頭，其他三位導師也是一副錯愕到不可思議的神情。這感覺就像，給出了九十分的期待，只收穫了十分。

臺下的練習生更是震驚無比，這跟他們預想的吊打全場的實力差得也太遠了吧！後臺的許摘星看著畫面這一幕，聽著機器裡傳出他寡淡的歌聲，甚至沒有他曾經在夜市賣唱時唱得好，良久沒有反應過來，整個人直接傻了。

為……為什麼會這樣啊？

他……他是故意的嗎？故意藏拙嗎？

可這是初舞臺啊，播出的第一期將直接給觀眾留下最初也是最重要的印象啊！

直到一首歌唱完，他平靜地放下麥克風，對著滿場錯愕震驚的視線，仍是那副天塌下來都不會皺一下眉的模樣。

幾位導師互相看了一眼，寧思樂率先開口：「這個表演真是……很出乎我們的意料。我能問一下，你為什麼會選擇唱一首慢歌，而不是表演唱跳呢？」

岑風波瀾不驚：「跳得不好。」

全場又是一片譁然。

這就是中天資優班選手的實力？

也太搞笑了吧。

而且居然敢直接承認自己跳得不好，也太敢了吧？！

時臨皺眉問：「在這七年的練習時間裡，你有接受過專業的vocal培訓嗎？」

岑風點了點頭。

時臨不掩不滿，絲毫不客氣：「那我只能說，你對不起這七年時光。」

趙津津看著臺上不為所動的少年，總覺得好像哪裡不對。不應該的，大小姐看中的人，不該是這樣的實力。

可現實卻又如此。

最後五個人一致給了F。

岑風神情淡漠走下舞臺，坐回了原位子。滿場練習生們的視線幾乎都在他身上，坐在中天那三個人旁邊的練習生忍不住低聲問：「這就是你們資優班的選手啊？」

史良不失禮貌地笑了一下，和自己的兩位同伴對視一眼，都在彼此眼中看到了相同的訊息：他果然又這樣了。

其實這樣對他們而言也挺好的，少一個競爭對手。

錄製時間太長，期間一共休息了三次，直到凌晨，所有練習生的初評級舞臺才全部結束，進入A等級的一共只有十三個人。

接下來百名練習生就在節目組的安排下回休息間去暫行休息，等天亮之後，會拿上行李由巴士統一帶到宿舍。

根據不同的等級，分了不同顏色的衣服和不同的宿舍，岑風是F，拿到了灰色的T恤。

距離天亮也沒多久，各自休息了一下，就被工作人員領著拿回了行李，然後坐上了巴士。

宿舍距離演出場館其實不算太遠，都在一片區域裡，鄰近訓練室，開車十分鐘就到了。

初晨的陽光灑下淡淡金光，落在一夜沒睡的他們身上，消除了不少疲憊。

大家都有種新生活開始的憧憬感。

雖然很多人沒有拿到A，甚至只拿到了F，可所有人都充滿了鬥志，相信自己會在接下來的時間裡收穫更多，成長更多。

除了兩個人。

周明昱扭扭捏捏再三思索半天，最終還是蹭到了岑風身邊。

他怪不開心地問：「兄弟，你是怎麼回事？你怎麼能跟我一樣菜呢？」

你比我優秀，我喜歡的女生喜歡你我還能接受，並忍痛祝福你們。

結果你跟我一樣菜？

那我到底差在哪？臉嗎？

我不信！許摘星才沒那麼膚淺呢！

岑風淡淡看了他一眼：「你的行李倒了。」

周明昱趕緊轉身回去扶行李。

工作人員很快分好了宿舍，拿著大聲公宣布各自的宿舍號。周明昱悲哀地發現，他要和情敵睡同一間房了。

第二十章　三〇二寢室

每間宿舍住四個男生。

除開周明昱和岑風外，還有另外兩個拿到F等級的練習生。一個跟周明昱一樣是個自來熟人來瘋，主說唱，叫施燃。另一個較為安靜，笑起來臉上有個酒窩，長得乖性格也乖，是他們四人中年齡最小的，叫何斯年。

搬宿舍就像開學時，熱鬧又吵鬧，而且有攝影機拍著，誰有梗到時候播出誰就有鏡頭，所以每個宿舍都挺熱鬧。搶床、翻行李、送特產、串門。

但三〇二很安靜。岑風從頭到尾都冷冷淡淡的，沒人敢主動跟他搭話。周明昱心裡彆扭，悶著頭整理箱子也不說話，何斯年就更內向了，爬上上鋪鋪床後就沒下來過。

施燃看了半天，覺得這宿舍氣氛真是絕了，恨不得趕緊收拾完東西去找自己團的兄弟們。連跟拍攝影都看不下去了，忍不住出聲道：「你們聊聊天說點什麼吧，不然到時候剪輯沒你們的鏡頭。」

施燃和周明昱聞言，抬頭看了跟拍攝影一眼，動了動唇，似乎想說什麼，又不知道該說什麼，看了兩眼，又縮回去了。

跟拍攝影：「……」

最後還是何斯年從上鋪探出個腦袋，小聲問：「我帶了特產，你們要嗎？」

施燃接話道：「什麼啊？」

何斯年說：「米花糕。」

周明昱站起身來：「要，在哪？」

何斯年說：「我拿給你們。」

他從床上爬下來，從行李箱裡的拿出一大袋米花糕，一個個分給室友。到岑風的時候，他有點緊張，半伸著手遲疑著問：「你要嗎？」

岑風沒有拒絕，接了過來：「謝謝。」

何斯年心裡鬆了口氣，又說：「你們快嚐嚐啊，很好吃的。」

一時間宿舍裡都是塑膠袋稀裡嘩啦的聲音。有了這個開頭，氣氛終於沒那麼尷尬了，施燃問周明昱：「你不用回去上課嗎？」

周明昱一邊啃米花糕一邊說：「我實習期呢。」

實習期不去對應的公司實習，跑來參加選秀，也是很有想法了。

施燃又問：「你真的什麼都不會啊？那你組合表演的時候怎麼辦？」

周明昱得意洋洋的：「我可以學啊！我學東西可快了。」

施燃擠眉弄眼：「你叫我一聲哥，我教你 rap。」

周明昱毫不客氣地翻了個白眼：「得了吧，你都 F 班的水準了，還想當老師。」

兩人你來我往的鬥起嘴來，宿舍氣氛一下就活躍了，何斯年也時不時插兩句話，正鬧著，看見岑風從行李箱拿出不少零件和機械小模型，放在他的桌子上。

男生對這種機械類的小東西都很感興趣，頓時全部圍了過來。

「這都是你做的嗎？」

「我喜歡那個坦克！」

「這個小機器人可以動嗎？」

「岑風，我可以拿起來摸一摸嗎？」

岑風不習慣跟人靠這麼近，但三個人的注意力全部都在模型上，七嘴八舌地問這問那，他想走都走不掉，只能說：「可以。」

三個人興奮得不行，小心翼翼地拿起來東摸摸西看看，施燃像發現了新大陸一樣：「我靠這個坦克可以開！讓開讓開，我在地上試一下！」

周明昱手裡拿著那個機器人：「我這個也可以！來來來，機器人大戰坦克！」

何斯年最喜歡那個像恐龍的怪獸，蹲在一旁叮囑他們：「你們別弄壞了啊。」話是這麼說，還是推著怪獸去打周明昱的機器人。三個人蹲在地上玩可以動的模型，感覺找到了小時候玩彈珠搧卡片的童趣。

岑風默默站在一旁不說話，看著地上三個幼稚鬼。

主攝影團隊過來的時候，看到的就是這麼一幅詭異的畫面。別的宿舍都是鏡頭感十足，你們宿舍為什麼用屁股對著鏡頭？

工作人員問：「你們在幹什麼呢？」

施燃抬頭說：「玩模型呢。這都是岑風自己做的，厲害吧？」

攝影把鏡頭給過去，除了地上正在動的那三個，桌子上還有一些奇奇怪怪的零件和機械模型，工作人員驚訝問岑風：「都是你做的啊？」

岑風點了下頭。

工作人員都湊過來看。這些模型一看就很複雜，不僅需要專業的機械理論知識，還需要極強的動手能力，反正在普通人的認知裡，這是學霸才能幹的事。

在場的人都驚嘆連連，負責人嘆完了說：「好了都別玩了，交上來吧，跟生活必需品無關的全部都交上來。」

周明昱一把拿起機器人捧在掌心：「這就是生活必需品！沒它我睡不了覺！」

工作人員：「……那不是岑風的嗎？你不是今天才見到？」

周明昱：「我對它一見鍾情了。」

工作人員方言都憋出來了：「別跟我扯犢子，快點。」

每個宿舍現在都在上交東西，哀嚎連連。岑風不知道模型不能帶，不然也不會拿上，於是又裝回盒子裡，貼上標籤，交給了工作人員。

不僅手機電腦等電子設備，就連何斯年的米花糕都被收走了，還好之前大家都已經嚐過味道。

等收東西的人一走，周明昱在門口瞅了兩眼，確定他們不會再回來突擊，鬼鬼祟祟把岑風叫到洗手間，從口袋裡掏出一袋零件。

岑風一愣：「哪來的？」

周明昱說：「剛才趁他們不注意從你盒子裡拿的，你能再組裝一個機器人給我嗎？」

岑風：「……」

最後他以零件不充足拒絕了周明昱無理的要求。

昨晚連夜錄製了表演，今天沒什麼安排，全天放假，讓練習生們在宿舍補補覺養養神。不過攝影會一直在，散拍一些素材，到時候剪到節目裡去。

收拾完行李，幾層樓就逐漸安靜下來了，都開始補覺。快到下午的時候才又重新活躍起來，你來我往的串門。

五個不同等級的衣服是不同的顏色，A班穿著粉色，走哪都是焦點，F班則是不起眼的灰色，不過也要看誰穿，比如岑風穿上還是很帥。

經歷過一上午的相處，三個人都發現岑風只是性子比較冷，其實很好說話。讓他搭把手幫個忙什麼的，他都不會拒絕。

他是四個人中年齡最大的，沒多久大家就順口風哥風哥的喊起來了。

周明昱實在是不想把情敵叫哥，但是他又實在是很想要岑風那個機器人。岑風已經答應他，等錄製結束就把機器人送給他。

算了，喊聲哥也不吃虧。

周明昱：「風哥，我耳機線掉到你下面牆縫縫裡了，幫我撿一下啊！」

岑風：「……」

到底什麼時候才可以安靜下來。

快到傍晚的時候，節目組安排導師們過來宿舍查寢，當然也是為了錄製素材。趙津津坐在休息間跟許摘星一起吃水果沙拉，問她：「要不要跟我們一起去？」

她倒是想去。

可她現在在這裡的身分是服化師，負責練習生們每一次演出的服裝化妝造型，只有等他們表演的時候才有正當理由出現。

她一不是導師二不是工作人員，跟著去了遇到岑風，都不知道該怎麼解釋。而且還有周明昱那個憨憨在，想到都一個頭兩個大。

她現在滿腦子都是昨晚岑風在舞臺上的表現，只想搞懂為什麼愛豆要那樣做，沒心思想其他的，有氣無力地擺擺手：「不去了，妳去吧。」

趙津津吃了兩塊蘋果，補了個妝走了。

剩下許摘星一個人坐在沙發上看著那盤水果沙拉發呆。

她這一整天都沒怎麼睡過覺，一閉上眼就會看到曾經舞臺上的愛豆和昨天舞臺上的愛豆兩個完全不同的畫面交相閃過。

岑風是很尊重舞臺的人。

曾經為了演出的完整度，發著高燒也一絲不苟地完成了表演。不管給了他多偏的站位，多少的歌詞，多背景板的動作。只要他站上舞臺，就一定會全力以赴。

那才是他。

可昨晚那個站在舞臺上敷衍的人也是他。

好像他一點也不喜歡這個舞臺。

可是為什麼呢？

如果不愛這個舞臺，為什麼要在中天當練習生？為什麼想去H國培訓？為什麼要來參加這個選秀？

許摘星突然開始覺得，她是不是從一開始，就搞錯了什麼。

重生回來後，她跟岑風的接觸其實並不多。

她拿捏著粉絲該有的分寸感，不過分侵入他的私生活，在不會打擾到他的邊界線之外，力所能及地給予熱情和愛。

她只是察覺了他跟後世完全不一樣的真實性格，以為那是他在中天受到的欺負，所以她拚盡全力，想把障礙清除，保護他的夢想。

但她知道，愛豆還是那個溫柔善良的愛豆。

會幫流著淚的陌生女孩買飲料，會叮囑她早點回家，會擔心她的危險送她上計程車，還會在她求誇獎的時候，送她一隻小狗作為禮物。

所以她以為一切都沒有變。

愛豆還是那個溫柔善良的愛豆，內心沒有變，夢想也沒有變。

她仍記得他曾經被團隊排擠，全程在舞臺邊緣站了一個小時沒有一個鏡頭的時候。風箏們等在出口目送他離開時，都哭著喊哥哥加油。

他回過頭來，笑容溫柔對她們說：「別哭，我以後一定給你們最棒的舞臺。」

她們一直都知道，他熱愛並努力著。她們也一直相信，終有一天夢想會實現。

可現在，他好像，厭倦了他曾經的熱愛。

是的，厭倦。

除了這個詞，許摘星找不到更好的理由來解釋他昨晚的行為。

如果這是真的，那自己現在是在做什麼？逼他做他不願意不開心的事嗎？自己以為的禮物，對他而言其實是負擔嗎？

許摘星一時之間感覺胸口悶了一團氣，上不去下不來，堵得她快窒息了。

她甚至想立刻打一個電話給岑風問問他，是不是來參加這個節目一點都不開心啊，不開心的話我們就不錄了。

可也知道不能這麼做。

第一期已經錄完了，如果岑風這時候退賽，無論導演組剪不剪掉他的部分，消息傳出去，都會對他不利。不剪，他敷衍的表演被觀眾看到，會有人罵。剪了，無端的猜測和質疑也會中傷到他。

而且現在這一切還都只是猜測，許摘星並不能確定，自己想的那些就是他真正的想法。

萬一他只是因為厭惡辰星從而厭惡跟辰星有關的一切呢？

嗚嗚嗚這個好像更慘……

根據賽制，第二次錄製發表主題曲是在三天之後。

如果愛豆真的不想參加比賽，那就得及時止損，在第二次錄製之前讓他離開。

但在這之前，她要先問清楚他的真實意願。

第二次錄製在三天之後。這三天內，練習生們主要是熟悉環境，彼此認識，上一些聲樂、舞蹈的專業課，以及錄製個人的採訪、小樣，以便後面剪輯到節目裡用。

這對練習生來說是非常重要的露臉機會，單獨出鏡需要在短短十幾秒時間內給觀眾留下印象，面對導演組的採訪和提的問題，大家都會挖空心思好好回答，爭取有梗，被剪進去。

三〇二宿舍四個人是一起過去的。周明昱在裡面待的時間最長，十多分鐘才出來，導演組似乎特別偏愛他。

他們在外面等的時候，幾個A班的練習生也過來了，手裡拿著贊助的飲料說說笑笑，粉色衣服穿在他們身上，好像散發著柔光一樣。

何斯年一看見他們，有點小興奮地揮手打招呼：「隊長！」

其中有一個是他所在公司團的隊長，唯一一個進A班的，是他們的驕傲。何斯年平時在團內也是老么，最受照顧，隊長笑著跑過來，把喝了一半的飲料塞他手上：「這個味道不錯。」

何斯年嘟囔：「不要你喝過的。」

話是這麼說，還是不嫌棄地喝了兩口，隊長看了看他身邊的施燃和岑風，又問：「怎麼樣，宿舍待得習慣嗎？」

何斯年笑著點頭：「習慣，風哥特別照顧我。」

隊長一聽，頓時有點高興地拍了下岑風的肩：「謝了啊兄弟。」

岑風：「……」

我照顧你什麼了？

何斯年趕緊說：「隊長，你別動手動腳的。」

他心細，經過這段時間的相處，已經察覺到岑風不喜歡跟人肢體接觸，趕緊把隊長拉了過來。

施燃在旁邊羨慕地說：「粉色衣服真好看。」

另一個A班成員，辰星騎士團的C位應栩澤笑著說：「灰色也好看，我就喜歡灰色。」

施燃酸溜溜的：「那你怎麼不穿？」

應栩澤深沉地嘆了聲氣：「實力不允許。」他在施燃的怒瞪中哈哈大笑，「灰色真的不錯，你看岑風，比我們穿粉色的帥多了。」

施燃憤怒道：「那跟顏色有關係嗎？他穿什麼不帥？」

一群人又笑又鬧的，岑風覺得有點吵。

但他也沒有走開。

有人跟他搭話，他都會回答幾句。

應栩澤對他去H國培訓這件事特別好奇，本來還擔心問他他不會說，結果看他有問必答的樣子，也湊過去：「H國的訓練和國內有什麼不同？訓練量很大嗎？」

岑風看了他一眼，淡聲道：「訓練量是國內的兩三倍。」

周圍一片哇聲。

這些練習生的年齡普遍在二十歲左右，岑風長他們兩歲，聽施燃喊了幾句風哥，其他人也就跟著喊起來了。

應栩澤抓抓腦袋說：「風哥，我沒有其他意思啊，我只是好奇，你去H國訓練了那麼久，為什麼不會跳舞啊？」

而且練習了七年，就算是個木偶也會跳了吧。

岑風沉默了一下，回了四個字：「天賦不行。」

應栩澤一副「我瞭解了」的神情。他堅定地拍拍岑風的肩，安慰道：「沒事，勤能補拙，七年不行就十年，努力總會有回報的。而且你顏值這麼高，就算唱跳不行出道了還可以走演員這條路嘛。辦法總比困難多。」

施燃趁機道：「那發主題曲之後你能不能教我們跳啊？」

他跟岑風一樣，都是舞蹈不行，如果有個A班大佬願意手把手教，應該能進步很多。

應栩澤倒是很痛快：「行啊，到時候你們來A班教室找我。」

正說著，採訪間的門被推開，周明昱大大咧咧地走了出來，「你們在聊什麼這麼開心。」

他喊岑風：「風哥，導演讓你進去。」

岑風點了下頭走進去了。

施燃看著周明昱：「你怎麼進去這麼久啊？」

周明昱怪得意的：「因為我帥，導演想多拍拍我。」

施燃：「嘔。」

應栩澤接話：「照你這麼說，那岑風沒個半小時是出不來了。」

幾個人剛說笑了幾句，也就兩、三分鐘的時間，房門被推開，岑風走了出來：「何斯年，進去。」

周明昱大驚：「風哥，你怎麼這麼快？」

岑風：？

施燃一巴掌拍在他背上：「不能說男人快！」

應栩澤：「鏡頭拍著不要隨便開車！」他轉過頭跟攝影老師說：「這段不能播！」

攝影老師：「……播不了你放心。」

等三〇二的四個人全部錄完採訪就該回去了，結果施燃死活要等A班這個宿舍錄完了一起走。他還低聲責備想單獨離開的岑風：「要跟A班大佬搞好關係知不知道！」

後來兩個宿舍八個人一路浩浩蕩蕩往宿舍走。

錄製間在訓練室那棟樓，跟宿舍隔著一個操場的距離，走回去需要十分鐘。一下樓，就看見場館外的鐵欄外面站了不少女生。一看見有人走過來，頓時尖叫連連。

周明昱驚喜道：「哇，我這麼快就有粉絲了？」

施燃說：「你有個屁，那是導師們的粉絲。」他看了幾眼，羨慕地說：「還有邊奇和伏興言的。」

粉絲們手上拿著手幅，能清楚知道每個人的粉籍，大多都是寧思樂的粉，也有趙津津和時臨的，等他們走過去，有人問：「請問有沒有看見伏興言呀？」

應栩澤停下來回答：「沒有，他應該還在宿舍，等一下就下來了。」

那粉絲高興得不行：「哦哦，謝謝你呀！」

「導師們今天還來查寢嗎？」

「今天不來了，明天錄節目才會來。」

另一邊有人尖叫：「啊啊啊啊好帥啊！這誰！這是誰！我要pick他！」

應栩澤覺得自己多半引不起這種尖叫，回頭一看，大家看的果然是側身而立的岑風。

他們停下來搭話，他總是冷漠的臉上也沒有不耐煩，只是微側過身去，不讓正面被鏡頭拍到。

來這蹲守的大多都是各個粉圈的站姐，如果被她們拍了圖上傳粉圈，肯定可以收穫粉絲，所以其他人都挺樂意被拍。

應栩澤心說，這還真是個異類。

他跟外面的粉絲揮揮手，轉頭喊：「岑風，走啦！」

岑風轉頭看了他一眼，點點頭。

一行人繼續浩浩蕩蕩往前，粉絲中有人在討論：「原來是叫岑風！投票通道什麼時候開啊，好想投票給他。」

「我拍到了側臉！我天這個鼻樑弧度是真實存在的嗎？」

「給我看看給我看看！」

「我們不是來蹲邊奇的嗎？你們線上爬牆？」

「欸，只要我牆爬得快，愛豆就追不上我。」

「……」

回到宿舍樓，施燃和周明昱熱情地邀請應栩澤他們去三〇二玩，並誘惑道：「風哥有超多機械模型！可以動的！」

岑風：？

不是被沒收了嗎？

不諳世事的應栩澤被騙到了三〇二，收穫了一袋散裝零件。

施燃：「咳咳，下面有請風哥為大家現場表演一個機械組裝！鼓掌！」

寢室裡劈哩啪啦響起了掌聲。

岑風：「……」

面對A班四個人期待的眼光，他沉默地把袋子裡的零件倒了出來，思考著怎麼用這麼點東西組裝個模型出來。

最後在萬眾期許的目光下，組了個非常簡陋的板車。不過好在有齒輪，可以動。

應栩澤：「我覺得我被欺騙了，這好像我小時候吃零食裡面送的玩具車。」

周明昱還惦記著自己一見鍾情的機器人：「等節目錄完了，讓風哥組個大的給你們看！變形金剛知道嗎？風哥已經答應把那個送給我了！」

施燃一聽這還了得：「風哥，我也要那個坦克！」

何斯年：「我想要那個恐龍可以嗎？」

應栩澤左看右看，舉手發言：「請問我也可以要一個嗎？」

岑風：「……」

好煩啊。

臨近傍晚，大家又相約去食堂吃飯。百名練習生鬧鬧嚷嚷，進進出出，有種大學食堂的感覺。其中還劃分了工作人員的區域，在靠近樓梯口的地方。

岑風正端著食盤在選菜，有個戴著工作牌的女生走過來禮貌道：「你好，請問你是岑風嗎？」

他略淡地點了下頭。

尤桃指了指樓梯口的方向：「我有位同事在找你，她說她姓許。」

岑風本來若無其事的神情愣了一下，看向樓梯的位置。

只看見燈光投下的一道纖細的身影。

他把餐盤放下來，朝樓梯口走了過去。後面施燃喊他：「風哥，你去哪啊？餐盤還要不要啊？」

他回身道：「要，幫我端過去。」

施燃：「得嘞！」

有尤桃跟著，他進到工作人員區域也沒人攔，繞過樓梯走到後面時，許摘星正蹲在地上啃蘋果。

一看到他，蹭的一下站起來，眼裡都是明亮的笑：「哥哥！」

岑風有點好笑，有點無奈，低聲問：「妳怎麼跑來了？」

許摘星驕傲地把自己胸前掛的工作證給他看：「我來當服化師！等你上臺表演的時候我可以幫你設計造型啦！」

她現在確實到了實習的時候，這個工作對她而言應該還挺合適的。

岑風問：「怎麼知道我在這裡？」

許摘星說：「看到了呀……好吧，我打聽過。」她有點緊張，小聲問：「哥哥，你會生氣嗎？」

「不會。」他笑了下，「見到妳我很開心。」

許摘星歘地一下抬頭，眼睛亮晶晶的：「真的嗎？」

岑風點頭：「嗯，真的。」

她眼裡的欣喜都快溢出來了，想到什麼，卻又一頓，緊張兮兮地問：「哥哥，你在這裡錄節目是不是不開心啊？」

岑風說：「怎麼這麼問？」

許摘星噘了下嘴，蔫蔫地垂下腦袋：「就是感覺……」

岑風覺得好笑，手指在她蔫噠噠的額頭上戳了一下：「那是妳感覺錯了。」

許摘星被戳得一個激靈，嚇傻了一樣看著他。

岑風剛才也是下意識的行為，反應過來，若無其事把手背到身後去，淡聲說：「我在這裡挺開心的。」

比在中天要開心得多。

如果要他選，接下來的三個月，他更願意待在這裡，總比回到那個令他厭惡的地方好。

許摘星認真地看著他。

他漂亮的眼睛裡真的有開心的光，不是在說假話。

她終於鬆了口氣。

朝著他重重點了點頭：「嗯！」

岑風也看著眼前的女孩。

其實已經不能用女孩來稱呼，她長大了很多，變漂亮了很多。

而自從遇到她之後，他也好像變得幸運了很多。

遇到了跟以前不一樣的人，感受到了以前沒有過的溫暖和吵鬧，他總是烏雲密布的世界，因為她的出現，好像有了陽光。

而他似乎，不再懼怕這抹光。

許摘星其實很少在他臉上看見這種發自內心的笑容。她永遠也不會忘記，重生回來後的第一次相見，他眼底漠然冷淡的光。

她總擔心他過得不開心。

沒什麼比他開心更重要了。

只要他開心了，她就開心。

她伸出手去：「哥哥，我有兩個大蘋果，給你一個！」

那蘋果光澤潤亮，還沾著細小的水滴，襯得她手指瑩白。岑風只看了那圓潤的指頭兩秒鐘就立即收回視線，垂眸接了過來。

許摘星微微仰著頭看他，笑得傻乎乎的，抬手咬了一口蘋果。

清脆的聲音伴著蘋果清香在空氣裡歡快地蹦開，她小臉鼓鼓的，聲音含糊不清：「哥哥，要多吃水果，補充維生素。」

岑風笑著點頭，也拿起蘋果放到嘴邊咬了一口。

她開心地彎起眼睛，狀若無意地問：「哥哥，明天就要第二次錄製了，你準備得怎麼樣啦？」

岑風說：「還可以。」

他一直都是這樣，身上有種隨遇而安無欲無求的氣質，怎麼樣都可以，好壞都無關緊要。

許摘星其實沒有立場去過多地追問什麼。問多了，就過了粉絲那條線，會讓粉絲愛豆雙方都不舒服。

可她更害怕，違背他的真實意願。

她小口咬了兩下蘋果，最終還是鼓起勇氣問：「哥哥，你想出道嗎？」

岑風動作一頓，垂眸時，恰好對上她緊張又期待的眼神。

他想起很久以前，她曾說，等你出道了，我一定當你的頭號大粉絲。

女孩大概對此充滿了期望。

他不想讓她失望，可他也不想騙她。

良久，許摘星聽到他反問了一句：「出不出道，重要嗎？」

許摘星睫毛微微一顫。

岑風笑起來，伸手在她碎碎的瀏海上揉了一下：「結果不重要，過程開心就好。」

許摘星被這個突如其來的摸頭殺震得靈魂出竅，一時傻在原地。直到不遠處傳來幾道急躁躁的聲音：「風哥，菜都涼了，你在哪啊？」

周明昱的聲音把她地動山搖的思緒拉回來了：「我剛才看到是工作人員把風哥帶走的。他們是不是要對風哥不利？快找他們把人交出來！」

許摘星一哆嗦，回過神來，抬頭看岑風時，他一臉頭疼的無奈，低聲跟她說：「我要回去了。」

許摘星傻傻揮了下手：「哦，哦，哥哥再見！多吃飯，多吃肉，多吃水果和蔬菜。」

岑風晃了晃手中的大蘋果：「都會吃的。」

周明昱在外面，許摘星不敢貿然出去，只能揮著手目送愛豆轉身離開。等他走遠了，才悄悄探出身子去看。

幾個少年將他圍在中間，打打鬧鬧上躥下跳，周明昱想去摸他的蘋果，被他抬手啪的一聲打中了手背，抱怨著什麼縮了回去。

歡聲笑語飛揚，而他背影不再孤單。

她已經很久很久，沒有看到過他跟這個世界相處得這麼愉快了。

出道重要嗎？

答案重要嗎？

只要他玩得開心，一切都不重要。

第二次錄製如期而至。

這一次的錄製內容是發表《少年偶像》主題曲，練習生們正式進入訓練階段。一大早，百名練習生就穿著代表各自等級的衣服，來到了拍攝廳。

導師還沒來，大家都坐在地上聊天，導演要求不同顏色的衣服坐一堆，F班就是一團灰。看上去一點生氣也沒有，施燃惆悵地說：「粉色就不奢望了，這一輪我們爭取搞個黃色吧。」

周明昱：「我不搞黃色，我是好青年。你最好也別搞，當心觀眾檢舉你。」

施燃暴起，把他按在地上就是一頓揍，揍得周明昱直往岑風背後躲。

玩鬧了一陣子，導師們就都來了。

所有人起立問好，趙津津站在中間拿著麥克風笑吟吟問：「幾天不見，看來你們都休息得不錯嘛，精力挺旺盛的。」

例常聊了幾句，寧思樂就公布了這一次的任務。

——主題曲錄製。

幾名導師和趙津津都走到舞臺邊上，把後面的大螢幕露出來，趙津津說：「先看一下我們《少年偶像》的主題曲〈Sun And Young〉。」

所有人先歡呼了一陣，緊接著大螢幕上開始播放編舞團隊錄製的影片。

充滿熱情活力的一首歌，旋律十分好聽，舞蹈動作也好看。但難也是真的難，歌詞裡有高音有說唱，舞蹈也多。

A班的人不愧是資優生，已經一邊看一邊學著跳起來了。BC兩個班跟著跳不行，但都在十分認真地記動作，最慘的當屬F班了。

動作一個沒記住也就算了，詞也一句沒記住。

等影片播完，就像張無忌跟著張三豐學武功一樣，全都忘了。

趙津津走到舞臺中間，笑瞇瞇問：「怎麼樣？？好聽嗎？好看嗎？」

下面整齊地回答：「好聽！好看！就是太難啦！」

趙津津挑眉：「不難還不拿給你們唱呢，這可是鐘雅老師作曲，我們時臨導師作詞，郭振老師親自編曲的作品。」

練習生們：「——哇！」

哇完了之後繼續愁雲慘澹。

趙津津拍拍手：「哎呀，都自信點嘛，給你們三天時間，肯定都會了！」

練習生們：？？？

您說什麼？三天？

這下連A班的練習生們都呆住了。

一首全新的曲子，一段全新的舞蹈，邊唱邊跳，再怎麼也至少需要一週才能學會吧？三天你是在開什麼玩笑？

趙津津還真不是在跟他們開玩笑，拿著手卡宣布規則：「三天後，四位導師將根據你們的主題曲表演重新評級，屆時，評選等級將直接影響下一次錄製時表演歌曲的選擇權。接下來三天，請大家全力以赴，創造奇跡吧。」

現場一片哀嚎。

導師們又鼓勵了幾句，就一起離開了。大螢幕上又開始播放主題曲影片，爭取讓練習生們多熟悉旋律。

本來F班氣氛就低落，現在氣氛更頹喪。施燃看完兩遍影片，發現四周都是一副垂頭喪氣的樣子，趁著前奏的間隙給大家打氣：「幹什麼呢？還沒開始怎麼都一副被淘汰的樣子？」

旁邊的練習生簡直面如土色：「這跟淘汰有什麼區別，三天我肯定學不會的。太難了，真的太難了嗚嗚嗚。」

施燃重重拍了他一下：「還沒試呢你怎麼知道自己不行？而且我們不會，不是還有A班大佬嗎？」他說完，喊那頭正跟著影片在比劃的應栩澤：「阿澤，你願意教我們嗎！」

應栩澤回頭朝他拋了個wink：「願意，等著哥啊！」

施燃滿意地挑眉：「看見沒？有大佬在，我們不怕。」

話是這麼說，該愁的還是愁，有大佬在又怎麼樣。老師那麼厲害，上完他的課也沒見自己考一百分啊。

播完五遍主題曲後，節目組就讓練習生換場地，換到了各自的教室。

每個等級所在的教室不一樣，一個有ABCDF五個教室，等練習生們過去的時候，每個教室都已經有一名導師等在裡面了。

趙津津在A班，等大家一進來就說：「看見我不驚訝吧？」

大家齊聲回覆：「不驚訝！猜到了！」

她不會唱不會跳，不像其他導師可以給予幫助，A班實力強，不像其他幾個班那麼急需指導，所以先由她來帶著。

等其他導師們教完另外四個班來到A班時，十三個人果然都能跟唱跟跳了。

時臨負責教vocal，寧思樂和姚笙教負責舞蹈，褚信陽負責教rap，當然還有主題曲編舞團隊的老師，基本是每個小節每個小節拆開了教。

練習生們從早上學到晚上，學了整整一天，才把整首歌學完。

老師一走，F班：全忘。

周明昱從來沒有接受過強度這麼大的訓練，整個人像被挑斷了手腳筋一樣癱在地上。

施燃歌曲的說唱部分倒是唱得很好，剛才還被褚信陽誇了，但高音上不去，動作也跟不上。何斯年實力要綜合一點，但整體也是垮掉的狀態。

吃了晚飯大家都沒回宿舍，繼續上來練，結果動作全都不標準，知道自己錯了，想改也不知道怎麼改。

本來想去找A班大佬幫忙的，施燃去了一圈又獨自回來了。應栩澤那邊也正練得激烈，雖然實力強，但畢竟時間短，誰都需要努力，他不能去浪費別人的練習時間。

之前還信心滿滿的，現在也是一副垂頭喪氣的樣子。

周明昱呈大字躺在地上，望著天花板，喃喃道：「我為什麼不去世界五百強的大公司實習，要來這當練習生呢？」

施燃有氣無力：「現在後悔，晚了。」

何斯年喝完了隊長送過來的飲料，站起身鼓起大家：「才第一天，時間還夠的，繼續練總能學會的，起來加油啊！」

周明昱和施燃都不動。

他委屈兮兮地看向坐在牆角的岑風。

岑風：「……」

只能站起身陪小朋友一起跳。

他今天學的時候其實沒怎麼張過嘴，也沒怎麼動過，在最後一排划水（偷懶）。F班人多，老師也沒注意他。

他們兩個一動起來，施燃也來了精神，把死狗一樣的周明昱拖起來，吼道：「都在F班了，還有什麼資格不努力！」

大家被他這句話打了雞血，其他練習生們也掙扎著站起來，繼續開始訓練。

一直練到淩晨，大家才陸陸續續回寢室，還有幾個就直接睡在練習室的地板上了。

三〇二寢室四個人倒是都回宿舍休息去了，畢竟養好精神才能再接再厲。

第二天一早，天還濛濛亮，何斯年就爬起來，用他的小氣音一遍遍喊：「起床啦，起床啦，該去練習啦，時間好寶貴啊。」

施燃扔了個枕頭過去：「再不閉嘴我捂死你！」

何斯年：「都在F班了，還有什麼資格不努力？」

施燃：「……」

他悲憤地起床了，緊接著把周明昱和岑風都搖了起來。

幾個人隨便洗漱一下，啃著在樓下福利社買的麵包，頂著還未散去的月光，再次踏進了練習室。

又是一整天精疲力竭的訓練。

今天老師又來教了一次，應栩澤也來了，糾正了他們一些不標準的動作，但都是老師在的時候會，老師一走……

「欸那個動作怎麼跳得？」

「fly 那句音拖幾拍啊？」

「先左腳還是右腳啊？左腳右手還是右手左腳啊？」

「啊啊啊啊啊啊我要瘋了！」

一直練到晚上，周明昱呈大字型趴在地上哭著道：「let me go，放我走，我要走，我要回學校，我還是個年輕的男大學生了，我做錯了什麼？」

何斯年現在基本能磕磕絆絆地跳下來，但要麼只能跳，要麼只能唱，連不上。施燃高音倒是勉強上去了，但舞蹈還是不行，動作都沒記全。

明天就是最後一天了，後天就要開始考核。

而他們連正規的動作都還沒學會。

整個F班烏雲密布。

施燃又跳了一遍，因為太急，自己把自己絆了一腳，砰地一聲摔在了地板上。嚇得何斯年趕緊去拉他。

施燃摔得齜牙咧嘴，半天沒爬起來，一時悲從心來，捏著拳頭狠狠捶了捶地板，咬著牙差點哭出來。

正捶著，手腕被人不輕不重地捏住了。

抬頭一看，岑風半蹲在他面前。

他還是那副波瀾不驚的模樣，語氣淡淡道：「起來，我教你。」

施燃愣住：「你教？」

岑風點了下頭，把他從地上拉起來：「嗯，我教。」

——《娛樂圈是我的，我是你的【第一部】予你星光》未完待續——

高寶書版集團
gobooks.com.tw

YH 098

娛樂圈是我的，我是你的【第一部】予你星光（中）

作　　者　春刀寒
責任編輯　吳培禎
封面設計　茵萊登曼特
內頁排版　賴姵均
企　　劃　何嘉雯

發 行 人　朱凱蕾
出　　版　英屬維京群島商高寶國際有限公司台灣分公司
Global Group Holdings, Ltd.
地　　址　台北市內湖區洲子街88號3樓
網　　址　gobooks.com.tw
電　　話　(02) 27992788
電　　郵　readers@gobooks.com.tw（讀者服務部）
傳　　真　出版部(02) 27990909　行銷部 (02) 27993088
郵政劃撥　19394552
戶　　名　英屬維京群島商高寶國際有限公司台灣分公司
發　　行　英屬維京群島商高寶國際有限公司台灣分公司
初　　版　2022年8月

本著作物《娛樂圈是我的[重生]》，作者：春刀寒，由北京晉江原創網絡科技有限公司授權出版。

國家圖書館出版品預行編目(CIP)資料

娛樂圈是我的,我是你的. 第一部, 予你星光/春刀寒著. -- 初版. -- 臺北市：英屬維京群島商高寶國際有限公司臺灣分公司, 2022.08
冊；　公分. --

ISBN 978-986-506-490-7(上冊：平裝). --
ISBN 978-986-506-491-4(中冊：平裝). --
ISBN 978-986-506-492-1(下冊：平裝). --
ISBN 978-986-506-493-8(全套：平裝)

857.7　　111011711